跟著本間老師一起學習日語會話吧！

元氣 進階 日語會話 新版

本間岐理　著

作者からの言葉

　元気会話（上）に引き続き、元気会話（下）も文法に自信があっても「会話」には自信がない人、楽しく「会話」が勉強したい人、「会話」力を更に高めたい人など様々な学習者を対象とし、実際の生活において実用的な単語や会話が楽しく、活発に勉強ができるように作られております。

　本テキストでは、特に初級で学習したものを可能な限り応用できるように、学習者の想像力が生かせるようにと考えられており、また、話す際のちょっとした工夫やポイントもまとめられております。

　せっかく時間と労力、あるいは資金を投下して勉強するからには、結果を出さなければならないのです。本テキストを使い終わった後には、日本語で流暢な会話ができることが必ず期待できます。実際に使える会話力を身につけ、仕事にはもちろん、趣味や教養などにも生かしてほしいと思っております。

　最後にこの本の出版にあたり、忙しい中翻訳を助けてくださった方々、及び多くのアドバイスと励まし、ご協力をしてくださった瑞蘭出版社の皆様に感謝いたします。皆さまに御礼申し上げると同時に、本テキストが日本語学習の一助となることを心より願っております。

本間　岐理

作者的話

　　延續著《元氣日語會話　初級》，不論是對文法有自信、卻對「會話」沒有信心的人，想快樂地學習「會話」的人，或是想提升「會話」能力的人，都可以透過本書──《元氣日語會話　進階》，愉快、活潑地學習在實際生活中可以應用到的單字與會話。

　　本書中特別考量到的是，盡可能地應用在《元氣日語會話　初級》所學過的內容，期望能激發出學習者的想像力，並整理了實際對話時的細節和小訣竅。

　　好不容易投注了時間、精力或金錢來學習，沒有成果的話是不行的，只要學習完本書，使用日語流暢地進行會話是可期的。透過本書，希望不僅能學到能實際應用的會話能力，還能活用在工作、興趣及文化培養上。

　　最後，本書得以出版，要感謝百忙中協助翻譯的各位，以及給我許多建議、鼓勵與協助的瑞蘭國際出版同仁。在向各位致上謝意的同時，也衷心期盼本書能對學習日語有所幫助。

本間岐理

如何使用本書

本書依不同生活場景分為：「餐廳」、「在警察局」、「詢問如何前往、指路」、「拜訪」、「規則、習慣」共5課，每一課都由3至4個架構相同的小部分所組成，其中可見本間老師精心設計的9大學習步驟，只要跟著本間老師的腳步一起往前走，就能顯著提升日語會話能力！

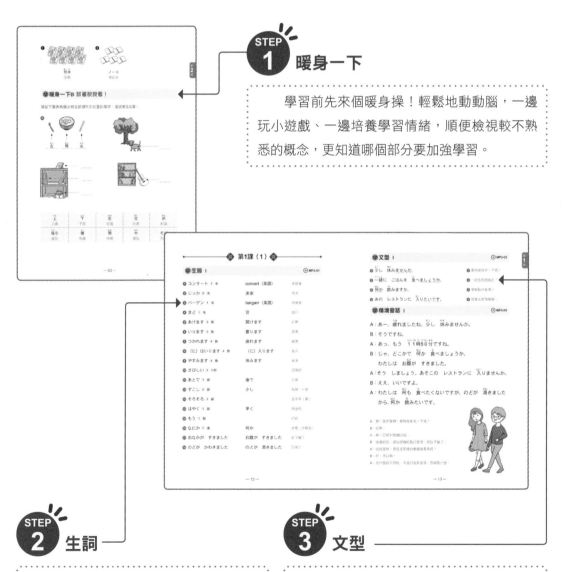

STEP 1 暖身一下

學習前先來個暖身操！輕鬆地動動腦，一邊玩小遊戲、一邊培養學習情緒，順便檢視較不熟悉的概念，更知道哪個部分要加強學習。

STEP 2 生詞

每個生詞除了有詞性、漢字寫法、中譯，更標有「アクセント」（重音），確實掌握每個單字的發音。

STEP 3 文型

將重點文型條列出來，清楚呈現每課、每個部分所要學習的文法重點，進入情境會話後，就能一眼看到重要句型。

STEP 4 情境會話

　　結合該課會話情境、生詞、文型，寫出在日常生活中進行對話的過程，會如何開啟話題、會討論哪些事情、對話中會有什麼樣的反應，都可以透過情境會話一窺究竟。

STEP 5 練習問題

　　從情境會話中擷取重要文型，進行簡短的會話練習，習慣了說日語的感覺，自然而然就更敢勇於嘗試，用日語說出自己的想法。

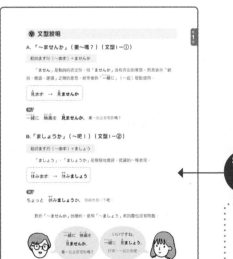

STEP 6 文型說明

　　本間老師精心整理出台灣的學習者們最需要釐清的重點文法概念，也針對口語的日語使用做了豐富的介紹，說日語時不再僵硬不自然。

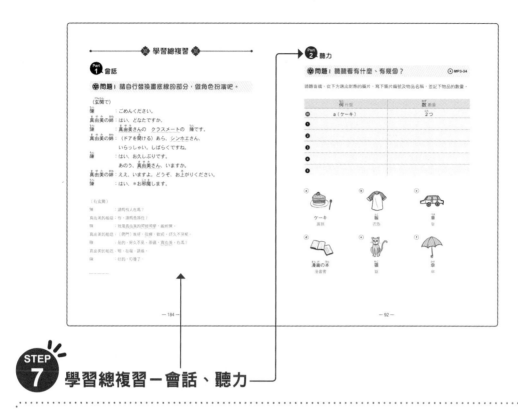

STEP 7　學習總複習－會話、聽力

　　會話不是只要會「説」，還要會「聽」，本間老師安排了會話、聽力共2個部分，在多元且活潑的練習之下，不僅能增快進行日語會話時的反應速度，也能拓展話題的豐富度。

STEP 8　延伸學習

　　做完了學習總複習，本間老師也整理出了與該課主題相關的各類單字、文法、句子等。如此一來，在與他人進行會話時，也有更多的話題，能隨時與人侃侃而談。

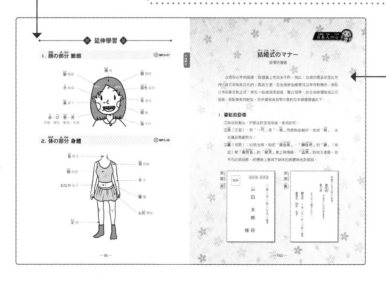

STEP 9　日本人の心

　　在每一課的最後，本間老師都準備了小小的日本文化知識，不僅學習日語，也更了解日本人的思維、習慣、生活方式。

目 次

第1課　「レストラン」　餐廳　11

第2課　「警察署で」　在警察局　59

第3課 「行き方を尋ねる・道案内」 詢問如何前往、指路　101

第4課 「訪問」　拜訪　149

凡例

1	重音	助	助詞
名	名詞	動	動詞
い形	い形容詞	な形	な形容詞
副	副詞	副助	副助詞
代	代名詞	連	連接詞
疑	疑問詞	疑代	疑問代名詞

如何掃描 QR Code 下載音檔

1. 以手機內建的相機或是掃描 QR Code 的 App 掃描封面的 QR Code。
2. 點選「雲端硬碟」的連結之後，進入音檔清單畫面，接著點選畫面右上角的「三個點」。
3. 點選「新增至「已加星號」專區」一欄，星星即會變成黃色或黑色，代表加入成功。
4. 開啟電腦，打開您的「雲端硬碟」網頁，點選左側欄位的「已加星號」。
5. 選擇該音檔資料夾，點滑鼠右鍵，選擇「下載」，即可將音檔存入電腦。

レストラン
餐廳

一起學如何用日語
點自己喜歡的東西。

學習目標

① 能夠邀請到人。

② 能夠陳述對於食物與飲料的感想。

③ 能夠與餐廳的店員交流。

生詞 I ▶ MP3-01

① コンサート 1 名	concert（英語）	演唱會
② じっか 0 名	実家	老家
③ バーゲン 1 名	bargain（英語）	特賣會
④ まど 1 名	窓	窗戶
⑤ あけます 3 動	開けます	打開
⑥ いります 3 動	要ります	需要
⑦ つかれます 4 動	疲れます	疲累
⑧ （に）はいります 4 動	（に）入ります	進入
⑨ やすみます 4 動	休みます	休息
⑩ さびしい 3 い形		寂寞的
⑪ あとで 1 副	後で	之後
⑫ すこし 2 副	少し	稍微、一些
⑬ そろそろ 1 副		差不多（要）
⑭ はやく 1 副	早く	快速地
⑮ もう 1 副		已經
⑯ なにか 1 連	何か	什麼（不確定）
⑰ おなかが すきました	お腹が すきました	肚子餓了
⑱ のどが かわきました	のどが 渇きました	口渴了

🎬 文型 I

▶ MP3-02

❶ 少し 休みませんか。

❷ 一緒に ごはんを 食べましょうか。

❸ 何か 飲みますか。

❹ あの レストランに 入りたいです。

❶ 要稍微休息一下嗎？

❷ 一起去吃個飯吧？

❸ 要喝點什麼嗎？

❹ 想進去那間餐廳。

🎬 情境會話 I

▶ MP3-03

A：あー、疲れましたね。少し 休みませんか。

B：そうですね。

A：あっ、もう １１時５０分ですね。

B：じゃ、どこかで 何か 食べましょうか。

わたしは お腹が すきました。

A：そう しましょう。あそこの レストランに 入りませんか。

B：ええ、いいですよ。

A：わたしは 何も 食べたくないですが、のどが 渇きました

から、何か 飲みたいです。

A：啊～真是累啊。要稍微休息一下嗎？

B：好啊。

A：啊！已經11點50分啦。

B：這樣的話，就在哪裡吃點什麼吧。我肚子餓了。

A：就這麼辦。要進去那邊的餐廳裡看看嗎？

B：好，可以啊。

A：我什麼都不想吃，不過口倒是很渴，想喝點什麼。

練習 1　套進去說說看！

A：①明日　一緒に
　　②ご飯を　食べませんか。

B：ええ、いいですね。

A：①明天要一起
　　②吃飯嗎？

B：嗯，好啊。

例

①明日
②ご飯を食べます

❶

①土曜日
②映画を見ます

❷

①今晩
②勉強します

❸

①後で
②休みます

❹

①午後
②お茶を飲みます

❺

①あさっての朝
②山に登ります

❻

①来月
②コンサートを
　見に行きます

例　①明天 ②吃飯

1. ①星期六 ②看電影　2. ①今天晚上 ②讀書　3. ①之後 ②休息

4. ①下午 ②喝茶　　　5. ①後天早上 ②爬山　6. ①下個月 ②去看演唱會

🎞 練習2 套進去說說看！

A：①お腹が　すきましたね。　　　　A：①肚子餓了呢。

B：じゃ、②何か　食べましょうか。　B：這樣的話，②吃點什麼吧？

A：そうですね。食べましょう。　　　A：也是呢。吃吧。

例 ①お腹がすきました
　　②何か食べます

❶ ①のどが渇きました　　❷ ①疲れました　　　❸ ①明日休みです
　　②何か飲みます　　　　　②少し休みます　　　　②一緒に買い物します

❹ ①暑いです　　　　　　❺ ①暇です　　　　　❻ ①もう6時です
　　②窓を開けます　　　　　②どこか行きます　　　②そろそろ帰ります

例　①肚子餓了 ②吃點什麼

1. ①口渴了 ②喝點什麼　　2. ①累了 ②稍微休息一下　　3. ①明天放假 ②一起買東西

4. ①熱 ②開窗戶　　　　　5. ①很閒 ②去些什麼地方　　6. ①已經6點了 ②差不多要回去了

🎬 練習3 套進去說說看！

①のどが 渇きましたから、
②何か 飲みたいです。

因為①口渴了，

所以想要②喝點什麼。

例 ①のどが渇きました
②何か飲みます

❶ ①さびしいです
②家族に会います

❷ ①寒いです
②温泉に入ります

❸ ①疲れました
②早く寝ます

❹ ①バーゲンです
②たくさん買います

❺ ①お寺が好きです
②京都へ行きます

❻ ①連休です
②実家へ帰ります

例 ①口渴了 ②喝點什麼

1. ①寂寞 ②見家人　　2. ①冷 ②泡溫泉　　3. ①累了 ②早點睡覺

4. ①特賣會 ②買很多　5. ①喜歡寺廟 ②去京都　6. ①連假 ②回老家

✿ 文型說明

A. 「～ませんか」（要～嗎？）（文型1-①）

動詞ます形（～ます）＋ませんか

　　「ません」是動詞的否定形，但「ませんか」沒有否定的意思，而是表示「勸說、邀請、建議」之類的意思，經常會與「一緒に」（一起）搭配使用。

> 見ます　→　見ませんか

例

一緒に　映画を　見ませんか。 要一起去看電影嗎？

B. 「～ましょうか」（～吧！）（文型1-②）

動詞ます形（～ます）＋ましょう

　　「ましょう」、「ましょうか」是積極地邀請、提議的一種表現。

> 休みます　→　休みましょう

例

ちょっと　休みましょうか。 稍微休息一下吧。

　　對於「～ませんか」的邀約，使用「～ましょう」來回覆也沒有問題。

一緒に　映画を
見ませんか。

要一起去看電影嗎？

いいですね。
一緒に　見ましょう。

好啊。一起去看吧。

C.「疑問詞か：何か」（什麼嗎）（文型 I－③）

「何か」跟「どこか」（哪裡嗎）一樣，都有「不確定」感。由於「何か」的「か」表示「不是很肯定」、「不太確定」的意思，所以「何か」表示無法明確說出的東西。

例

何か 食べますか。　要吃**點什麼**嗎？（不確定對方是要吃還是不吃）

何を 食べますか。　要吃什麼呢？（已經確定對方會吃了，但不知道是要吃什麼樣的食物）

回應的部分，先回答「はい・いいえ」（是・不是），再以具體的內容來回覆。

何か 食べたいですか。
想吃**點什麼**嗎？

ええ。
好啊。

何を 食べたいですか。
想吃什麼呢？

パスタが 食べたいです。
想吃義大利麵。

例

A：**何か** 飲みたいですか。　　　A：想喝**點什麼**嗎？

B：ええ、コーヒーが 飲みたいです。　B：好啊，我想喝咖啡。

（例）

A：何を　飲みたいですか。

B：そうですね。コーヒーが　飲みたいです。

A：想喝什麼呢？

B：這樣啊。想喝咖啡。

D.「（わたしは）動詞ます形＋たい」（想～）（文型 I－④）

動詞ます形（～ます）＋たい

　　表示希望、期望的一種表現。在肯定句的情況下，主語絕對是「わたし」（我），而且經常被省略掉。

飲みます　→　飲みたい

（例）

（わたしは）ジュースを　飲みたいです。　（我）想喝果汁。

　　動詞的前面可以使用「を」，也可以使用「が」。

（例）

（わたしは）ジュースが　飲みたいです。　（我）想喝果汁。

　　再來，否定形是「～たくないです」。

（例）

（わたしは）ジュースを　飲みたく　ないです。　（我）不想喝果汁。

E.「～が、～。」（雖然～，但是～。）

（句子1）が、（句子2）。

「が」用來連接前後意思互相矛盾的句子。

例/

何も　食べたく　ないです**が**、何か　飲みたいです。

什麼都不想吃，但想喝點什麼。

F.「何も＋否定」（什麼都不～）

疑問詞＋も＋否定形

用「何＋も＋否定形」的話，表示全面否定的意思。

例/

何も　食べません。 什麼都不吃。

何も　買いません。 什麼都不買。

何も　したく　ないです。 什麼都不想做。

第1課（2）

❀生詞 2　　　　　　　　　　　　　　　　▶ MP3-04

❶ いちばん ⓪ 名	一番	最〜
❷ ごはんるい 名	ご飯類	飯類
❸ さいこう ⓪ 名	最高	最高、最好
❹ にんき ⓪ 名	人気	人氣
❺ みせ ② 名	店	店
❻ めんるい ① 名	麺類	麵類
❼ メニュー ① 名	menu（英語）	菜單
❽ ぼく ① 代	僕	我（男性自稱）
❾ あります ③ 動		有
❿ たくさん ③ 副		好多
⓫ どちら ① 疑		哪一個（兩個之中）
⓬ が 助		〜，但〜
⓭ どう　しましょう		該怎麼辦呢？

食物、飲料等請參考書本P.53〜P.57。

❀文型 2　　　　　　　　　　　　　　　　▶ MP3-05

❶ 麺類と　ご飯類と　どちらが　好きですか。　　❶ 麵跟飯，你比較喜歡哪個？

❷ そばより　うどんの　ほうが　好きです。　　❷ 比起蕎麥麵，更喜歡烏龍麵。

❸ この　店の　メニュー（の中）で　　　　　　❸ 這家店的菜單中，
　カツ丼が　一番　好きです。　　　　　　　　　最喜歡炸豬排蓋飯。

橋本：メニューが　たくさん　ありますね。

黃　：本当ですね。どう　しましょう。

橋本：黃さんは　麺類と　ご飯類と　どちらが　好きですか。

黃　：えー、僕は　麺類の　ほうが　好きですね。

橋本：じゃ、麺類の　中で　何が　一番　好きですか。

黃　：全部　好きですが……、んー、ラーメンですね。

　　　日本の　ラーメンは　最高です。

橋本：本当！ラーメンは　最高ですよね。わたしも　大好きです。

黃　：橋本さんは　何が　好きですか。

橋本：わたしは　カレーライスが　一番　好きです。

　　　この　店で　一番　人気の　メニューは

　　　カレーライスですよ。とても　おいしいです。

黃　：へえ、そうですか。

橋本：菜單上的品項還真多啊。

黃　：真的耶。該怎麼辦呢？

橋本：黃先生比較喜歡麵跟飯的哪個？

黃　：這個嘛……，我比較喜歡麵吧。

橋本：那麼，麵當中你最喜歡的是什麼呢？

黃　：全都喜歡……，嗯，但算是拉麵吧。日本的拉麵最棒了。

橋本：真的！拉麵最棒了。我也非常喜歡。

黃　：橋本小姐喜歡什麼呢？

橋本：我最喜歡咖哩飯了。這家店裡最受歡迎的菜單就是咖哩飯喔！非常地美味。

黃　：咦，是這樣啊。

🎬練習1 套進去說說看！

請2人一組，使用下方1～7的選項交替帶入例句中進行對話。

A：①麵類と　②ご飯類と　どちらが　好きですか。
B：①麵類の　ほうが　好きです。

A：①麵跟②飯比較喜歡哪個呢？

B：比較喜歡①麵。

A：そうですか。
　　わたしも　①麵類の
　　ほうが　好きです。

A：這樣啊。我也是比較喜歡①麵。

A：そうですか。
　　わたしは　②ご飯類の
　　ほうが　好きです。

A：這樣啊。我比較喜歡②飯。

❶
①うどん　　②そば

❷
①洋食　　②和食

❸
①かつ丼　　②親子丼

❹
①コーヒー　　②紅茶

❺

①ピザ　②パスタ

❻

①ビール　②酎_{ちゅう}ハイ

❼

①すき焼_やき　②しゃぶしゃぶ

1. ①烏龍麵 ②蕎麥麵　　2. ①西洋料理 ②日本料理　　3. ①炸豬排蓋飯 ②雞肉蓋飯

4. ①咖啡 ②紅茶　　5. ①披薩 ②義大利麵　　6. ①啤酒 ②蘇打燒酒

7. ①壽喜燒 ②涮涮鍋

🎬 練習2 套進去說說看！

A：わたしは　この　メニューの　中(なか)で、
　　①<u>カツ丼(どん)</u>が　一番(いちばん)　好(す)きです。真理(まり)さんは？

B：わたしは　②<u>親子丼(おやこどん)</u>が　一番(いちばん)　好(す)きです。

A：這個菜單中，我最喜歡①炸豬排蓋飯了。真理小姐呢？

B：我最喜歡②雞肉蓋飯了。

 例

①カツ丼(どん)　　②親子丼(おやこどん)

 ❶

①牛丼(ぎゅうどん)　　②親子丼(おやこどん)

❷

①鶏(とり)のから揚(あ)げ　　②枝豆(えだまめ)

 ❸

①クリーム　　②トマトパスタ
　パスタ

❹

①生(なま)ビール　　②梅酒(うめしゅ)

 ❺

①焼(や)き鳥(とり)　　②冷奴(ひややっこ)

例　①炸豬排蓋飯 ②雞肉蓋飯

1. ①牛肉蓋飯 ②雞肉蓋飯　　2. ①炸雞塊 ②毛豆　　3. ①奶油義大利麵 ②蕃茄義大利麵

4. ①生啤酒 ②梅酒　　　　5. ①雞肉串燒 ②涼拌豆腐

🎮 文型說明

A.「名詞A　と　名詞B　と　どちらが　形容詞ですか。」
（A和B你比較〜哪個呢？）（文型2-①）

此句型用於「以兩樣東西當作選項，然後請對方選擇一項」時。

例

麺類と　ご飯類と　どちらが　好きですか。

麵跟飯（兩樣東西）你比較喜歡哪個？

在口語中會使用「どっち」（哪一個）。

例

麺類と　ご飯類と　どっちが　好きですか。

麵跟飯（兩樣東西）你比較喜歡哪個？

B.「〜の　ほうが　形容詞です。」（比較〜。）（文型2-②）

對於文型說明 B的問題，在兩個選一個的情況下，會使用「〜のほうが」（比較）來回答。

例

A：麺類と　ご飯類と　どちらが　好きですか。
B：麺類の　ほうが　好きです。

A：麵跟飯你比較喜歡哪個？
B：我比較喜歡麵。

如果是兩邊都喜歡（討厭）的情況下會使用「どちらも」（兩個都）。

例

A：麺類と　ご飯類と　どちらが　好きですか。
B：どちらも　好きです。

A：麵跟飯你比較喜歡哪個？
B：兩邊都喜歡。

C.「名詞（の中）で　（疑問詞：何）が　一番　形容詞ですか。」 （～當中，～最～呢？）（文型2－③）

　　「三項以上的比較，並在當中選擇程度之最」時會使用這個疑問句。限定選擇的範圍時，會使用「名詞（の中）で」。

例/

飲み物（の　中）で、何が　一番　好きですか。

飲料之中，你**最**喜歡什麼？

この　店で、何が　一番　高いですか。

這間店裡，**最**昂貴的東西是什麼？

この　メニューの　中で、何が　一番　人気ですか。

這張菜單上，**最**有人氣的料理是哪個？

飲み物で

D.「名詞が　あります。」（有～。）

　　這個句型的名詞一定是無生命的東西、或有生命的植物，動詞「あります」前面的助詞通常是「が」。

例/

鉛筆が　あります。　有鉛筆。

花が　あります。　有花。

　　常與「あります」一起使用的副詞有「たくさん」（很多）、「少し」（一些）等。

例/

飲み物が　たくさん　あります。　有很多飲料。

テーブルが　少し　あります。　有一些桌子。

生詞 3　　　　　　　　　　　　　　　　　　▶ MP3-07

❶	おきゃくさま	4	名	お客様	客人
❷	ちゅうもん	0	名	注文	點餐
❸	きまります	4	動	決まります	決定
❹	もちろん	2	副		當然
❺	どうぞ	1			懇請
❻	～にします				決定要～
❼	おまたせしました			お待たせしました	讓您久等了
❽	しょうしょう			少々	請稍等一下
	おまちください			お待ちください	

文型 3　　　　　　　　　　　　　　　　　　▶ MP3-08

❶ わたしは　もう　食べ<ruby>食<rt>た</rt></ruby>べました。　　　❶ 我已經吃了。
❷ わたしは　カレーライスに　します。　　❷ 我要點咖哩飯。

情境會話 3　　　　　　　　　　　　　　　　　　▶ MP3-09

<ruby>黄<rt>こう</rt></ruby>　：<ruby>橋田<rt>はしだ</rt></ruby>さん、もう　<ruby>決<rt>き</rt></ruby>まりましたか。<ruby>何<rt>なん</rt></ruby>に　しますか。

<ruby>橋田<rt>はしだ</rt></ruby>：わたしは　カレーライスに　します。<ruby>黄<rt>こう</rt></ruby>さんは？

<ruby>黄<rt>こう</rt></ruby>　：<ruby>僕<rt>ぼく</rt></ruby>は　もちろん　ラーメンです。

<ruby>橋田<rt>はしだ</rt></ruby>：すみません。<ruby>注文<rt>ちゅうもん</rt></ruby>を　お<ruby>願<rt>ねが</rt></ruby>いします。

店員：はい、どうぞ。

黄　：醤油ラーメンを　一つと　カレーライスを　一つ

　　　お願いします。

店員：醤油ラーメンを　一つと　カレーライスを　一つですね。

　　　かしこまりました。少々　お待ちください。

....

店員：お待たせしました。カレーライスの　お客様。

橋田：はい。

店員：醤油ラーメンの　お客様。

黄　：はい。

黄　：橋田小姐，已經決定好了嗎？要點什麼？

橋田：我要咖哩飯。黃先生呢？

黃　：我當然是要拉麵啦。

橋田：不好意思。我要點餐。

店員：好的，請。

黃　：請給我們1碗醬油拉麵跟1客咖哩飯。

店員：1碗醬油拉麵跟1客咖哩飯嗎？我知道了。請稍候。

....

店員：讓您久等了。點咖哩飯的客人。

橋田：這裡。

店員：點醬油拉麵的客人。

黃　：這裡。

🎞 練習1 套進去說說看！

A：何に　しますか。
B：わたしは　①カレーライスに　します。
　　黄さんは？
A：わたしは　②ラーメンに　します。

A：你要什麼？
B：我要①咖哩飯。
　　黃小姐呢？
A：我要②拉麵。

例
①カレーライス
②ラーメン

❶
①うどん
②そば

❷
①ミルクティー
②ココア

❸ ①餃子とラーメン
　②チャーハン

❹ ①パスタ
　②ピザ

❺ ①天丼
　②牛丼

❻ ①ビール
　②日本酒

例　①咖哩飯 ②拉麵

1. ①烏龍麵 ②蕎麥麵　2. ①奶茶 ②可可亞　　3. ①餃子和拉麵 ②炒飯

4. ①義大利麵 ②披薩　5. ①天婦羅蓋飯 ②牛肉蓋飯　6. ①啤酒 ②清酒

◉練習2 套進去說說看！

A ：すみません。注文を　お願いします。　　A ：不好意思，我要點餐。

店員：はい、どうぞ。　　　　　　　　　　　店員：好的，請。

A ：醤油ラーメンを　1つと　　　　　　　A ：請給我們1碗醬油拉麵和
　　カレーライスを　1つ　お願いします。　　　1客咖哩飯。

例

醤油ラーメン　1つ　＋
カレーライス　1つ

❶

コーヒー　3つ　＋
ケーキ　4つ

❷

ハンバーガー　8つ　＋
オレンジジュース　5つ

❸　焼きそば　6つ　＋　ビール　9つ

❹　お好み焼き　2つ　＋　たこ焼き　4つ

❺　塩ラーメン　2つ　＋　おにぎり　7つ

例　1碗醬油拉麵＋1客咖哩飯

1. 3杯咖啡＋4塊蛋糕　　　2. 8個漢堡＋3杯柳橙汁　　　3. 6份炒麵＋9瓶啤酒

4. 2份大阪燒＋4份章魚燒　5. 2碗鹽味拉麵＋7個飯糰

✾ 文型說明

A.「もう＋動詞的過去式」（已經～）（文型ȝ－①）

　　這個用法有「已經」的意思，用來表示已經結束的動作。「もう」（已經）會與動詞的過去式一起搭配使用。

例//

もう　決まりましたか。　已經決定好了嗎？

　　對於這樣的問句，肯定的回覆方式是「（もう）～ました。」（已經～了）。

例//

A：**もう　決**まりましたか。　　　A：已經決定好了嗎？

B：ええ、（**もう**）**決**まり**ました。**　　B：嗯，（已經）決定好了。

　　否定的情況下會回答「いいえ、まだです」（不，還沒有。）絕不可以回答「いいえ、決めませんでした」（不，沒有決定了。）。

例//

A：もう　決まりましたか。　　　A：已經決定好了嗎？

B：×いいえ、決めませんでした。　B：×不，沒有決定子。

　　○**いいえ、まだです。**　　　　　○不，還沒有。

B.「名詞に　します。」（決定要～。）（文型ȝ－②）

　　這個用法是「決定要～」的意思。

例//

A：陳さんは　何に　しますか。　陳先生要什麼呢？

B：わたしは　ラーメンに　します。我要拉麵。

C.「わたしは　ラーメンです。」（我要拉麵。）和

　　「カレーライスの　お客様。」（點咖哩飯的客人？）

這些表現只有日語中才有，「わたしは　ラーメンです。」是「我要拉麵。」的
意思。「カレーライスのお客様。」則是「點咖哩飯的客人是哪一位？」的意思。

例

A：黄さんは　何を　食べますか。　　　A：黃先生要吃什麼？

B：わたしは　ラーメンです。　　　　　B：我要拉麵。

例

A：カレーライスの　お客様。　　　　　A：點咖哩飯的客人？

B：はい。　　　　　　　　　　　　　　B：這裡。

D.「（名詞）を　お願いします。」（麻煩～）

這個表現跟「（名詞を）ください」（請～）是一樣的使用方式。

例

カレーライスを　お願いします。　請給我咖哩飯。

想要點餐、算帳的時候也可以使用，跟「してください」（請～）是相同意思。

例

注文を　お願いします。　請幫我點餐。

会計を　お願いします。　請幫我結帳。

E. 店員在餐廳裡常使用的莊重表現（禮貌用語）

❶ かしこまりました。　　　　　　我知道了。

❷ 少々　お待ちください。　　　　請稍等。

❸ お待たせいたしました。　　　　讓您久等了。

生詞 4　　　　　　　　　　　　　　　　　　▶ MP3-10

①	（お）かいけい 0 名	（お）会計	結帳
②	かおり 0 名	香り	香味
③	ころも 0 名	衣	麵衣
④	さかな 0 名	魚	魚
⑤	ソース 1 名	sauce（英語）	醬汁
⑥	チャーシュー 3 名	叉焼（中文）	叉燒
⑦	にく 2 名	肉	肉
⑧	ほね 2 名	骨	骨頭
⑨	みため 0 名	見た目	外觀
⑩	やさい 0 名	野菜	蔬菜
⑪	いただきます 5 動		開動
⑫	いい 1 い形		好的
⑬	おおきい 3 い形	大きい	大的
⑭	からい 2 い形	辛い	辣的
⑮	わるい 2 い形	悪い	差的
⑯	とても 0 副		非常地
⑰	あまり 0 副		（不）太
⑱	おなかが　いっぱいです	お腹が　いっぱいです	吃飽了
⑲	かしこまりました		我知道了、好的

⑳	（〜に）　なります		會是（視情況可同「です」）
㉑	いっしょに	一緒に	麻煩您一起
	おねがいします	お願いします	
㉒	わあ 1		哇

味（あじ）味道

甘（あま）い	甜的	辛（から）い	辣的	あっさり	清爽
苦（にが）い	苦的	酸（す）っぱい	酸的	濃（こ）い	濃厚的
塩辛（しおから）い	鹹的	油（あぶら）っぽい	油膩的	薄（うす）い	淡薄的

歯触（は ざわ）り・舌触（したざわ）り
（咬東西時）牙齒的觸感・（吃東西時）舌頭的觸感

柔（やわ）らかい	柔軟的	まろやか	圓滑順口
ふわふわ	膨鬆	とろり	稀溜溜地
くにゃくにゃ	軟糊糊	ネバネバ	黏口
しっとり	濕潤	ドロドロ	黏稠
固（かた）い	硬的	パサパサ	乾乾地
クリスピー（サクサク）	鬆脆	シャキシャキ	清脆
パリパリ	酥脆	プリプリ	有彈性
カリカリ	硬脆	新鮮（しんせん）	新鮮

🎯 文型 4

▶ MP3-11

① この 肉(にく)は とても 大(おお)きいです。

② この カレーライスは
　 あまり 辛(から)く ないです。

③ ラーメンが ７８０円(ななひゃくはちじゅうえん)で、
　 カレーライスが ６５０円(ろっぴゃくごじゅうえん)です。

① 這塊肉非常大。

② 這個咖哩飯不怎麼辣。

③ 拉麵是780日圓，
　 咖哩飯是650日圓。

🎯 情境會話 4

▶ MP3-12

A　：じゃ、いただきましょうか。

B　：ええ。わあ、チャーシューが とても 大(おお)きいです。

A　：カレーも あまり 辛(から)く ないですよ。

　　　とても おいしいです。

··················

B　：あー、お腹(なか)が いっぱいですね。

A　：本当(ほんとう)ですね。

B　：すみません。会計(かいけい)を お願(ねが)いします。

店員(てんいん)：はい。醤油(しょうゆ)ラーメンが ７８０円(ななひゃくはちじゅうえん)で、

　　　カレーライスが ６５０円(ろっぴゃくごじゅうえん)で ございます。

A　：すみません、一緒(いっしょ)に お願(ねが)いします。

店員(てんいん)：かしこまりました。では、

　　　全部(ぜんぶ)で １４３０円(せんよんさんじゅうえん)に なります。

A　：那麼，我們就開動吧。

B　：好。哇！叉燒好大塊。

A　：咖哩也不會很辣喔。非常地好吃。

....

B　：啊，吃得真飽啊。

A　：真的耶。

B　：不好意思。請幫我結帳。

店員：好的。醬油拉麵是780日圓，咖哩飯是650日圓。

A　：不好意思，請幫我一起算。

店員：我知道了。這樣的話總共是1,430日圓。

🎬 練習 1　套進去說說看！

A：わあ、①<u>チャーシュー</u>が　とても
　　②<u>大きい</u>ですね。

B：それから、③<u>スープ</u>も　あまり
　　④<u>塩辛く</u>　ないです。とても　おいしいですね。

A：哇！①<u>叉燒</u>好
　　②<u>大塊</u>啊。

B：而且③<u>湯</u>也不會很
　　④<u>鹹</u>，非常地好喝。

例

①チャーシュー
②大きい
③スープ
④塩辛い

❶

①肉
②柔らかい
③ソース
④辛い

❷

①魚
②新鮮
③骨
④多い

❸

①野菜
②多い
③味
④濃い

❹

①衣
②クリスピー
③中の肉
④固い

❺

①香り
②いい
③見た目
④悪い

例　①叉燒 ②大塊 ③湯 ④鹹

1. ①肉 ②柔軟 ③醬汁 ④辣　2. ①魚 ②新鮮 ③刺 ④多

3. ①蔬菜 ②多 ③味道 ④濃　4. ①麵衣 ②鬆脆 ③裡面的肉 ④硬

5. ①香味 ②好 ③外觀 ④差

🎬 練習2 套進去說說看！

A ：すみません。会計を お願いします。

店員：はい。醤油ラーメンが ７８０円で、
カレーライスが ６５０円で
ございます。

A ：すみません、一緒に お願いします。

店員：かしこまりました。では、
全部で １４３０円に なります。

A ：不好意思。請幫我結帳。

店員：好的。醬油拉麵是780日圓，
咖哩飯是650日圓。

A ：不好意思，請幫我一起算。

店員：我知道了。這樣的話，
總共是1,430日圓。

  醬油ラーメン（780）＋
カレーライス（650）

1  味噌ラーメン（630）＋
塩ラーメン（580）

2  ピザ（740）＋
コーラー（130）

3 ポテト（320）＋ハンバーガー（660）

4 寿司（1200）＋味噌汁（180）

5 サラダ（360）＋サンドイッチ（470）

例 醬油拉麵（780）＋咖哩飯（650）

1. 味噌拉麵（630）＋鹽味拉麵（580）　2. 披薩（740）＋可樂（130）

3. 薯條（320）＋漢堡（660）　　　　4. 壽司（1,200）＋味噌湯（180）

5. 沙拉（360）＋三明治（470）

❀ 文型説明

A.「程度副詞：とても（非常）・あまり（不太）」
（文型4-①②）

「程度副詞」擺在形容詞的前面，用來表示程度。「とても」（非常）後面是接肯定形，而「あまり」（不太）後面是接否定形。

例/

この　ラーメンは　**とても**　おいしいです。

這碗拉麵**非常地**好吃。

この　ラーメンは　**あまり**　おいしく　**ないです**。

這碗拉麵**不怎麼**好吃。

B.「名詞1で、名詞2。」（文型4-③）

使用「で」可把前後兩個名詞句連接起來。

例/

醤油ラーメンが　７８０円です。＋カレーライスが　６５０円です。

＝醤油ラーメンが　７８０円で、カレーライスが　６５０円です。

醬油拉麵是780日圓，咖哩飯是650日圓。

不只主題不同的場合能使用，主題相同的場合亦能。

例/

まりさんは　２５歳で、日本語の　先生です。

瑪莉小姐今年25歲，是一位日語老師。

C. 「形容詞」

　　形容詞裡面有分為「**い形容詞**」跟「**な形容詞**」兩種。在肯定句中「い形容詞」與「な形容詞」的形態是一樣的。

例 //

（ 名詞 は 　い形容詞 　です。）

これは　**おいしいです。**

這個很好吃。

（ 名詞 は 　な形容詞 　です。）

これは　**有名(ゆうめい)です。**

這個很有名。

　　但是在否定句中就不一樣了。

例 //

（ 名詞 は、**い形容詞** (~~い~~)くないです。）

これは　**おいしく　ないです。**

這個不好吃。

（ 名詞 は、**な形容詞** 　じゃありません。）

これは　**有名(ゆうめい)じゃ　ありません。**

這個不有名。

＊例外：「いい」這個形容詞的否定形是「よく　ありません」，不是「いく　ありません」。

　　　　　この映画(えいが)は　あまり　~~い~~く　ありません。

　　　　　　　　　　　　→よく　ありません。

D.「一緒に　お願いします。」（麻煩一起結帳。）

這邊的「一緒に」是「全部一起付」的意思。如果是個別支付的情況下就會說「別々に　お願いします」（麻煩分開算）。

お会計は？

要怎麼算？

店員

一緒に　お願いします。

麻煩您一起算。

別々に　お願いします。

麻煩您分開算。

お客

❋ 學習總複習 ❋

◉ 問題1 一邊看著下面的菜單一邊做會話練習。

◇◇◇◇◇◇◇◇◇◇◇ メニュー 菜單 ◇◇◇◇◇◇◇◇◇◇◇

食べ物（た・もの）食物

麺類（めんるい）麺類

ラーメン（塩（しお）、味噌（みそ）、醤油（しょうゆ）、とんこつ） 拉麺（鹽、味噌、醬油、豚骨）	ななひゃくはちじゅうえん 780円
うどん（きつね、カレー、天（てん）ぷら） 烏龍麺（豆皮、咖哩、天婦羅）	ごひゃくごじゅうえん 550円
そば（きつね、カレー、天（てん）ぷら） 蕎麥麵（豆皮、咖哩、天婦羅）	ろっぴゃくえん 600円
焼（や）きそば 炒麺	ごひゃくはちじゅうえん 580円
焼（や）きうどん 炒烏龍麺	ごひゃくはちじゅうえん 580円
パスタ（クリーム、トマト） 義大利麵（奶油、蕃茄）	ろっぴゃくはちじゅうえん 680円

ご飯類（はんるい）飯類

カツ丼（どん） 炸豬排蓋飯	ななひゃくごじゅうえん 750円
親子丼（おやこどん） 雞肉蓋飯	ろっぴゃくえん 600円
天丼（てんどん） 天婦羅蓋飯	きゅうひゃくえん 900円
牛丼（ぎゅうどん） 牛肉蓋飯	ろっぴゃくごじゅうえん 650円
豚丼（ぶたどん） 豬肉蓋飯	ななひゃくえん 700円
海鮮丼（かいせんどん） 海鮮蓋飯	きゅうひゃくはちじゅうえん 980円
カレーライス 咖哩飯	ごひゃくごじゅうえん 550円
チャーハン 炒飯	ごひゃくえん 500円
寿司（すし） 壽司	せんえん 1000円
ハンバーグ 漢堡排	ななひゃくはちじゅうえん 780円

ステーキ 牛排		1200円
天ぷら定食 天婦羅套餐		1350円
うなぎ定食 鰻魚套餐		1500円

飲み物 飲料

紅茶・茶 紅茶・茶

ストレートティー 紅茶		450円
ミルクティー 奶茶		500円
レモンティー 檸檬茶		500円
ダージリンティー 大吉嶺紅茶		530円
アールグレー 伯爵紅茶		530円
フルーツティー 水果茶		550円
ウーロン茶 烏龍茶		400円
プーアール茶 普洱茶		450円
ジャスミン茶 茉莉花茶		450円
緑茶 緑茶		350円
ほうじ茶 焙茶		300円

コーヒー 咖啡

モカ 摩卡		500円
カプチーノ 卡布奇諾		550円
デカフェ 無咖啡因咖啡		400円
カフェオレ 咖啡牛奶		550円
カフェラッテ 拿鐵		550円
アメリカン 美式咖啡		380円
エスプレッソ 義式咖啡		400円
ブレンドコーヒー 綜合咖啡		400円
炭火コーヒー 炭燒咖啡		500円
ココア 可可亞		450円

會話例 I

請參考前面的菜單，接著參考下方會話範例，和同學練習會話。並請將同學的回答，填入P.46的表格中。

A：黄さんは　麺類と　ご飯類と　どちらが　好きですか。

B：わたしは　麺類の　ほうが　好きですね。

A：じゃ、麺類の　中で　何が　一番　好きですか。

B：んー、ラーメンですね。

A：そうですか。

A：麺跟飯，黃同學比較喜歡哪個？

B：我比較喜歡麵。

A：那麵當中最喜歡的是？

B：嗯，是拉麵吧。

A：這樣啊。

B：わたしも
　　（ラーメンが）好きですよ。

B：我也喜歡（拉麵）喔。

B：わたしは
　　ラーメンは　あまり……。

B：我不太喜歡（拉麵）……。

	麺類・ご飯類 めんるい・はんるい 麺・飯	コーヒー・紅茶 こうちゃ 咖啡・紅茶
例	麺類・ご飯類 そば 蕎麥麵	コーヒー・紅茶 こうちゃ モカ 摩卡
自分 じぶん 自己	麺類・ご飯類	コーヒー・紅茶 こうちゃ
さん	麺類・ご飯類	コーヒー・紅茶 こうちゃ
さん	麺類・ご飯類	コーヒー・紅茶 こうちゃ
さん	麺類・ご飯類	コーヒー・紅茶 こうちゃ
さん	麺類・ご飯類	コーヒー・紅茶 こうちゃ

◉問題2 練習點餐和結帳

步驟：

❶ 請2人一組，分別擔任客人和店員的角色，參考P.43的「菜單」，及下面的「會話例2」進行對話。

❷ 客人請一邊看著菜單，一邊點自己喜歡的東西，數量自行決定。

❸ 店員請記錄客人的餐點，填入P.48的表格中並拿取客人點好的菜單，接著一邊確認價錢一邊結帳。

會話例2

店員（てんいん）：ご注文（ちゅうもん）　よろしいですか。

客（きゃく）：えーと、醬油（しょうゆ）ラーメンを　1つ（ひと）と　餃子（ぎょうざ）を　2つ（ふた）　お願（ねが）いします。

店員（てんいん）：醬油（しょうゆ）ラーメンを　1つ（ひと）と　餃子（ぎょうざ）を　2つ（ふた）ですね。

かしこまりました。少々（しょうしょう）　お待（ま）ちください。

....

客（きゃく）：すみません。お会計（かいけい）を　お願（ねが）いします。

店員（てんいん）：はい。醬油（しょうゆ）ラーメンが　780円（ななひゃくはちじゅうえん）で、餃子（ぎょうざ）が　460円（よんひゃくろくじゅうえん）。

全部（ぜんぶ）で　1340円（せんさんびゃくよんじゅうえん）に　なります。

客（きゃく）：すみません、これで　お願（ねが）いします。（1万円（いちまんえん）を差（さ）し出（だ）す）

店員（てんいん）：1万円（いちまんえん）　※お預（あず）かりします。8660円（はっせんろっぴゃくろくじゅうえん）の　※お返（かえ）しです。

ありがとう　ございました。

客（きゃく）：どうも　ごちそうさまでした。

※お預（あず）かりします　收您

　お返（かえ）し　找您

店員：可以開始點餐了嗎？

客人：那個，請給我1碗醬油拉麵與2份餃子。

店員：1碗醬油拉麵與2份餃子嗎？我知道了。請稍候。

....

客人：不好意思。請幫我結帳。

店員：好的。醬油拉麵是780日圓，餃子是460日圓，總共是1,340日圓。

客人：不好意思，麻煩您用這個。（遞出1萬日圓）

店員：收您1萬日圓。找您8,660日圓。感謝您的惠顧。

客人：多謝款待。

注文したもの 點的東西	いくつ 幾份	値段 價格
❶ 醬油ラーメン 醬油拉麵	1	780
❷ 餃子 餃子	2	920
	合計 1 3 4 0 円	

注文したもの 點的東西	いくつ 幾份	値段 價格
❶ _____	___	___
❷ _____	___	___
	合計	円

注文したもの 點的東西	いくつ 幾份	値段 價格
❶ _____	___	___
❷ _____	___	___
	合計	円

注文したもの 點的東西	いくつ 幾份	値段 價格
❶ _____	___	___
❷ _____	___	___
	合計	円

注文したもの 點的東西	いくつ 幾份	値段 價格
❶ _____	___	___
❷ _____	___	___
	合計	円

🎞 問題3 請用日語回答下面的問題。

❶ 你想要點餐，那麼要用什麼話語來呼叫店員呢？

_____

❷ 你想要點1碗醬油拉麵與2碗咖哩飯，此時該說什麼呢？

_____

❸ 該如何詢問朋友「咖啡跟紅茶你比較喜歡哪個」呢？

_____

❹ 如果被問到第3個問題的話，你會回答什麼呢？

_____

聽力

🎧 生詞   ▶ MP3-13

① こうりゃんしゅ ③ 名   高粱酒

② スイーツ ② 名   sweets（英語）   甜點

③ やっぱり ③ 副   果然（「やはり」的口語會話體）

🎧 問題 I   ▶ MP3-14

請聽音檔，參考P.53「延伸學習」的菜單，並將聽到的答案填入下表。

	メニュー 菜單	好きなもの 喜歡的東西
1	食堂メニュー 餐廳菜單（P.57）	陳さん： 陳先生
2	飲み物メニュー 飲料菜單（P.56）	張さん： 張先生
3	お酒メニュー 酒類菜單（P.55）	鈴木さん： 鈴木先生
4	デザートメニュー 點心菜單（P.53）	本間さん： 本間小姐

問題2　　　　　　　　　　　　　　　　　　　　▶ MP3-15

請聽音檔，並記下客人的餐點、數量及總金額。

	注文した物 點的東西	数量 數量	合計金額 總金額
1			
2			
3			
4			

請聽音檔，並記下餐點、數量及總金額。

	注文した物 點的東西
1	林さん： 林先生
2	客： 客人
3	陳さん： 陳先生
4	田中さん： 田中先生

自己打分數

✓ 能夠邀請到人。

✓ 能夠陳述對於食物與飲料的感想。

✓ 能夠與餐廳的店員交流。

☆☆☆☆☆（一顆星20分，滿分100分，請自行塗滿。）

❈ 延伸學習 ❈

I. デザートメニュー 點心菜單　▶ MP3-17

◇◇◇◇◇◇◇◇◇◇ **メニュー** 菜單 ◇◇◇◇◇◇◇◇◇◇

洋菓子 西洋點心

アイスクリーム	冰淇淋	タルト	塔
ジェラート	義大利冰淇淋	プリン	布丁
ソフトクリーム	霜淇淋	シュークリーム	泡芙
パフェ	冰淇淋聖代		
クレープ	可麗餅		
ケーキ	蛋糕		
ムース	慕斯（蛋糕）		
ホットケーキ	鬆餅		

和菓子 日式點心

あんまん	豆沙包
どら焼き	銅鑼燒
カキ氷	剉冰
あんみつ	餡蜜豆
串だんご	糯米丸子

その他 其他

ポテト	薯條
肉まん	肉包
ピザ	披薩
ハンバーガー	漢堡
サンドイッチ	三明治

◇◇◇◇◇◇◇◇◇◇◇◇ **メニュー** 菜單 ◇◇◇◇◇◇◇◇◇◇◇◇

鶏の唐揚げ	炸雞塊
枝豆	毛豆
焼き鳥	雞肉串燒
冷奴	涼拌豆腐
刺身	生魚片
焼き魚	烤魚
コロッケ	可樂餅
おにぎり	飯糰
茶碗蒸し	茶碗蒸
串揚げ	炸串
シュウマイ	燒賣
卵焼き	玉子燒
お好み焼き	大阪燒
たこ焼き	章魚燒
サラダ	沙拉

◇◇◇◇◇◇◇◇◇◇ メニュー 菜單 ◇◇◇◇◇◇◇◇◇◇

日本酒（にほんしゅ）	日本酒	**カクテル 雞尾酒**	
焼酎（しょうちゅう）	燒酒	スクリュードライバー	螺絲起子
		モスコミュール	莫斯科騾子
ワイン 葡萄酒		ジントニック	琴湯尼
白（しろ）	白酒		
赤（あか）	紅酒	**チューハイ 日式雞尾酒**	
ロゼ	混合葡萄酒	レモン	檸檬
		ライム	萊姆
ウイスキー 威士忌		梅（うめ）	梅子
水割り（みずわ）	兌水	ウーロン茶（ちゃ）	烏龍茶
ストレート	不兌水	グレープフルーツ	葡萄柚
ロック	冰威士忌	巨峰（きょほう）	葡萄
シングル・ダブル	單份・雙份	カルピス	可爾必思
生ビール 生啤酒（なま）			
ジョッキ：大、中、小（だい ちゅう しょう）			
杯裝生啤酒：大、中、小			

◇◇◇◇◇◇◇◇◇◇ **メニュー 菜單** ◇◇◇◇◇◇◇◇◇◇

紅茶 紅茶

ストレートティー	紅茶
ミルクティー	奶茶
レモンティー	檸檬茶
ダージリンティー	大吉嶺紅茶
アールグレー	伯爵茶
フルーツティー	水果茶

中国茶＆日本茶 中國茶＆日本茶

ウーロン茶	烏龍茶
プーアール茶	普洱茶
ジャスミン茶	茉莉花茶
緑茶	綠茶
ほうじ茶	焙茶

コーヒー 咖啡

モカ	摩卡
カプチーノ	卡布奇諾
デカフェ	無咖啡因咖啡
カフェオレ	咖啡牛奶
カフェラッテ	拿鐵

アメリカン	美式咖啡
エスプレッソ	濃縮咖啡
ブレンドコーヒー	混合咖啡
炭火コーヒー	炭燒咖啡
ココア	可可亞

ジュース 果汁

サイダー	蘇打水
アップルジュース	蘋果汁
カルピス	可爾必思
トマトジュース	番茄汁
オレンジジュース	柳橙汁
グレープフルーツジュース	葡萄柚汁
クリームソーダ	漂浮汽水
コーラ	可樂
ラムネ	彈珠汽水

◇◇◇◇◇◇◇◇◇◇◇◇ **メニュー** 菜單 ◇◇◇◇◇◇◇◇◇◇◇◇

麺類 麺類

ラーメン（塩、味噌、醤油、とんこつ）	拉麺（鹽味、味噌、醬油、豚骨）
うどん（きつね、カレー、天ぷら）	烏龍麺（豆皮、咖哩、天婦羅）
そば（きつね、カレー、天ぷら）	蕎麥麺（豆皮、咖哩、天婦羅）
焼きそば	炒麺
焼きうどん	炒烏龍麺
パスタ（クリームパスタ、トマトパスタ）	義大利麺（奶油、番茄）

ご飯類 飯類

カツ丼	炸豬排蓋飯
親子丼	雞肉蓋飯
天丼	天婦羅蓋飯
牛丼	牛肉蓋飯
豚丼	豬肉蓋飯
海鮮丼	海鮮蓋飯
カレーライス	咖哩飯
ハンバーグ	漢堡排
ステーキ	牛排
チャーハン	炒飯
寿司	壽司
天ぷら定食	天婦羅套餐
うなぎ定食	鰻魚套餐

鍋物 鍋料理
（湯、火鍋等使用鍋製作的料理）

すき焼き	壽喜燒
しゃぶしゃぶ	涮涮鍋
ちゃんこ鍋	相撲鍋

その他 其他

餃子	餃子
漬物	漬物
味噌汁	味噌湯
お吸い物	清湯

社員食堂
しゃ いん しょく どう

員工餐廳

　　說到日本的企業員工餐廳，是否浮現了只有價格便宜，菜色變化少也不美味，只能填飽肚子的刻板印象？近幾年可是起了大變化，不只有健康又多元的菜色，且裝潢地像咖啡店或酒吧般華麗。

　　健康醫療製造廠「百利達」（タニタ）所出版的『百利達員工餐廳500kcal的飽足定食』（タニタ社員食堂500キロカロリーまんぷく定食）一書，已成為員工餐廳之間最熱門的食譜書。僅用低卡路里、低鹽的3菜1湯菜單，就能做出讓人飽足的套餐。營養師每週還使用「增加鐵質」、「提升精神」或「膳食纖維」等主題來設計菜單，一併提升健康意識。

　　另外，IT企業GMO網路集團（GMOインターネットグループ）大力推動員工福利，進而造就「世界第一」話題的員工餐廳。餐廳有150個座位以及午餐會議包廂，包廂內甚至設有Mac及iPad2等。除了令人驚訝地是24小時營業外，即使是下班後也完全免費提供職員使用，而且客戶也可免費享用。從早上8點到晚上8點，咖啡廳裡充分供應來自東急飯店剛出爐的麵包、咖啡、健康黑醋果汁及新鮮果汁、點心或水果。午餐採自助式，種類多元且標示熱量及產地。在午餐和咖啡廳結束後，也還有24小時的免費自動販賣機。而星期五晚上，還有DJ播放音樂，卡拉OK可以歡唱，甚至還有調酒師為員工調酒。

　　如此改造員工餐廳，除了增進員工的健康管理，並改善企業形象，更讓員工餐廳變成情感交流及交換情報的最佳場所。

警察署で
けいさつしょ
在警察局

可以描述物品或人物的特徵嗎？

學習目標

① 能夠描述遺失物品的外觀。

② 能夠説明房間的狀態。

③ 能夠描述人的模樣。

生詞 I MP3-22

❶ おかね ⓪ 名	お金		錢
❷ きって ⓪ 名	切手		郵票
❸ さいふ ③ 名	財布		錢包
❹ ちゃいろ ⓪ 名	茶色		褐色
❺ カード ① 名	card（英語）		卡片
❻ なくします ④ 動	失くします		消失
❼ れんらくします ⑥ 動	連絡します		聯絡
❽ わかります ④ 動	分かります		了解、明白
❾ ながい ② い形	長い		長的
❿ よく ① 副			很、非常
⓫ すこし ② 副	少し		一點點
⓬ どんな ① 疑代			怎樣、怎麼樣
⓭ それが ⓪ 接			老實說
⓮ どう しましたか			怎麼了嗎？
⓯ グッチ ① 名	Gucci		古馳（品牌名稱）
⓰ むじるし ② 名	無印（良品）		無印良品（品牌名稱）
⓱ ハローキティ ④ 名	Hello Kitty（英語）		凱蒂貓

🎬 文型 I

① それは、<u>どんな</u> 財布ですか。

② <u>大きい</u> 財布です。

③ 財布の 中に お金が たくさん <u>あります</u>。

④ ノートを <u>4冊</u> 買いました。

① 那個是怎麼樣的錢包呢？

② 大的錢包。

③ 錢包裡面有很多錢。

④ 買了4本筆記本。

🎬 情境會話 I

警察：どう しましたか。

A ：それが……、財布が ありません。

警察：どこで 失くしましたか。

A ：よく 分かりません。

警察：それは どんな 財布ですか。

A ：グッチの 長い 財布です。

警察：グッチですか。いい 財布ですね。どんな 色ですか。

A ：茶色です。

警察：財布の 中に 何が ありましたか。

A ：銀行の カードと お金です。

警察：お金は いくら ありましたか。

A ：8600元ぐらいです。

警察：8600元ですね。分かりました。じゃ、後で 連絡します。

A ：はい。よろしく お願いします。

警察：怎麼了嗎？

A　　：老實説……錢包不見了。

警察：在哪裡遺失的呢？

A　　：我也不太清楚。

警察：那是什麼樣的錢包呢？

A　　：是Gucci的長夾。

警察：Gucci啊。很好的錢包呢！什麼顏色呢？

A　　：褐色的。

警察：錢包裡面有什麼呢？

A　　：有銀行的卡片和錢。

警察：有多少錢呢？

A　　：大約有8,600元。

警察：8,600元啊。了解了。那麼，稍後再和你聯絡。

A　　：好的。拜託你了。

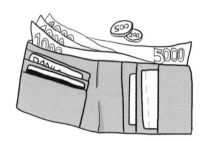

🎞 暖身一下A 試著說說看！

量詞：「枚
まい
」、「台
だい
」、「冊
さつ
」、「本
ほん
」、「～つ」、「匹
ひき
」

句型：「～が　數量＋量詞　あります。」

❶

かさ
雨傘

❷

**服
ふく
**
衣服

❸

テーブル
桌子

❹

**自動車
じ どうしゃ
**
車

❺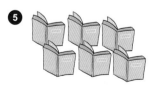

**本
ほん
**
書

❻

バナナ
香蕉

❼

<ruby>切手<rt>きって</rt></ruby>

郵票

❽

ノート

筆記本

🎞 暖身一下B 試著說說看！

請從下面表格選出符合箭頭所示位置的單字，並試著唸唸看。

例

<ruby>左<rt>ひだり</rt></ruby>　　<ruby>間<rt>あいだ</rt></ruby>　　<ruby>右<rt>みぎ</rt></ruby>

_____

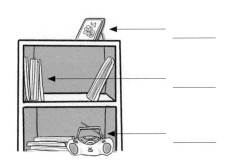

_____

_____

_____

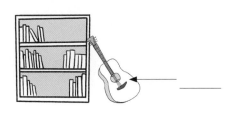

_____

<ruby>上<rt>うえ</rt></ruby> 上面	<ruby>下<rt>した</rt></ruby> 下面	<ruby>右<rt>みぎ</rt></ruby> 右邊	<ruby>左<rt>ひだり</rt></ruby> 左邊	<ruby>前<rt>まえ</rt></ruby> 前面
<ruby>後ろ<rt>うし</rt></ruby> 後面	<ruby>横<rt>よこ</rt></ruby> 旁邊	<ruby>間<rt>あいだ</rt></ruby> 中間	<ruby>中<rt>なか</rt></ruby> 裡面	そば 附近

🎬 練習I 套進去說說看！

警察：どう　しましたか。

A　：それが……、①財布が　ありません。

警察：それは　どんな　①財布ですか。

A　：②グッチの　③長い　①財布です。

警察：②グッチですか。どんな　色ですか。

A　：④茶色です。

警察：怎麼了嗎？

A　：老實說……①錢包不見了。

警察：那是什麼樣的①錢包呢？

A　：是②Gucci的③長形①錢包。

警察：②Gucci嗎？什麼顏色呢？

A　：④褐色。

例 ①財布
②グッチ
③長い
④茶色

❶ ①帽子
②ユニクロ
③安い
④青

❷ ①時計
②セイコー
③少し古い
④シルバー

❸ ①かばん
②無印
③大きい
④黒

❹ ①傘
②ハローキティ
③小さい
④赤

❺ ①ケータイ
②ソニー
③一番新しい
④白

例　①錢包 ②Gucci ③長的 ④褐色

1. ①帽子 ②Uniqlo ③便宜的 ④藍色　　2. ①鐘錶 ②SEIKO ③有點舊的 ④銀色（silver）

3. ①包包 ②無印良品 ③大的 ④黑色　　4. ①雨傘 ②Hello Kitty ③小的 ④紅色

5. ①手機 ②Sony ③最新的 ④白色

🎬 練習2 套進去說說看！

A：①財布の　中に　何が　ありますか。
B：②銀行の　カードと　③お金です。
A：③お金は　④いくら　ありますか。
B：⑤5000円です。
A：⑤5000円ですね。分かりました。

A：①錢包裡面有什麼呢？
B：②銀行的卡片和③錢。
A：有④多少③錢呢？
B：⑤5,000日圓。
A：⑤5,000日圓啊。了解了。

例　①財布の中
②銀行のカード
③お金
④いくら
⑤5000円

❶　①テレビの上
②ボールペン
③ノート
④何冊
⑤4冊

❷　①いすの下
②時計
③カメラ
④何台
⑤1台

❸　①かばんの中
②ハンカチ
③CD
④何枚
⑤3枚

❹　①机の横
②くつ
③傘
④何本
⑤2本

❺　①冷蔵庫の前
②テーブル
③椅子
④いくつ
⑤5つ

例　①錢包的裡面 ②銀行的卡片 ③錢 ④多少錢 ⑤5,000日圓

1. ①電視的上面 ②原子筆 ③筆記本 ④幾本 ⑤4本

2. ①椅子的下面 ②鐘錶 ③照相機 ④幾台 ⑤1台

3. ①包包的裡面 ②手帕 ③CD ④幾片 ⑤3片

4. ①桌子的旁邊 ②鞋子 ③雨傘 ④幾把 ⑤2把

5. ①冰箱的前面 ②桌子 ③椅子 ④幾張 ⑤5張

⚙ 文型說明

A.「どんな＋名詞」（怎麼樣的～）（文型I－①）

用來詢問對方的「狀態」、「內容」。

> 例 /
>
> 北海道は　**どんな　所**ですか。　　北海道是怎麼樣的地方呢？
>
> 先生は　**どんな　人**ですか。　　老師是怎麼樣的人呢？

＊注意：「どんな」的後面一定要接名詞。

B.「い形容詞＋名詞」（文型I－②）

因為語尾有「い」，所以稱做「い形容詞」。後面接續名詞修飾的情況下，語尾不變化。

> 例 /
>
> 大きい　＋　猫　＝　大きい猫
> 　い形　　　　名
>
> ここに　**大きい　猫**が　います。　這裡有**很大的貓**。

C.「～に　～が　あります。」（～有～）（文型I－③）

「に」是「表示存在場所」的助詞，接續在場所名詞後面，而「が」則是「圍繞著這個文章主題」的助詞。再者，當「が」前面的名詞是無生命的狀態下（無生命物也包含植物），動詞要使用「あります」，中文有「有、在」的意思。

場所　＋　**に**　＋　無生命物　＋　**が**　＋　**あります。**

> 例 /
>
> 机の　上　に　本　が　あります。　桌子的上面有書。
>
> 庭　に　木　が　あります。　庭園裡有樹。

可數名詞在句中的先後順序：

場所　＋　**に**　＋　無生命物　＋　**が**　＋　數量＋量詞　**あります。**

例

机の 上 に 本 が 3冊 あります。 桌子的上面有3本書。

机の 上 に 鉛筆 が 2本 あります。 桌子的上面有2枝鉛筆。

D.「助数詞」（量詞）（文型 I－④）

　　所謂的「助数詞」（量詞），是在計算某個東西的數量時，加在數字後面的單位。

可用來反映數目的形式、性質或程度，而根據物品種類的不同，量詞也有所差異。

例

枚：薄的、平坦的東西，如衣服、紙張、盤子、CD、毛巾等等。
本：細長的物品，如鉛筆、領帶、香蕉、雨傘等等。
冊：書籍、筆記本，如雜誌、筆記本、書本等等。
台：電器用品或交通工具，如汽車、腳踏車、電視、冰箱等等。
匹：小型動物、蟲類，如狗、貓、魚等等。

※在唸量詞的時候，會因數字而產生音調的變化，請小心注意喔！（請參考P.98）

E.「それが～」（老實說～）

　　「それが～」（老實説～）是在接收到對方的發言後，答話者用來連接自己發話內容的「接續詞」，同時也有如「應答詞」般的特性。此外，「それが～」也有「開頭語」的功能，用於針對對方的詢問或確認，想要回覆令對方完全猜想不到的內容時。

例1 當作「接續詞」和「應答詞」：

A：昨日の 試験は、どう でしたか。
B：**それが**、熱が ありましたから、受けませんでした……。

A：昨天的考試如何呢？
B：**老實說**，因為昨天發燒了，所以沒能考試……。

例2 當作「開頭語」：

A：今晩の　パーティは、9時からですよ。

B：**それが**、急に　都合が　悪く　なりました……。

A：えー！残念ですね。

A：今天晚上的派對是9點開始喔！

B：**老實說**，因為突然有事……。

A：咦！真是可惜！

F.「よろしく　お願いします。」（請多多指教。）

「よろしく　お願いします。」有許多用法。下面為3種不同的用法表現。

例1 初次和人見面的打招呼：

初めまして、陳です。**よろしく　お願いします。**

初次見面，我姓陳。**請多多指教。**

例2 表示今後請多多關照：

今日から　ここで　お世話に　なります。どうぞ　**よろしく　お願いします。**

今後請多多關照。也**請多多指教。**

例3 為了確實執行麻煩對方的拜託表現：

A：どう　しましたか。

B：それが、携帯が　ありません。

A：そうですか。じゃ、後で　見つかりましたら、連絡しますね。

B：はい、**よろしく　お願いします。**

A：怎麼了嗎？

B：老實說，手機不見了。

A：是這樣啊。那麼，之後找到的話，再聯絡你喔！

B：好的，**拜託你了。**

生詞 2-1　　　　　　　　　　　　　　　► MP3-25

❶ いじょう	1 名	以上	以上
❷ かん	1 名	缶	罐子
❸ ごみ	2 名		垃圾
❹ さら	0 名	皿	盤子
❺ ねこ	1 名	猫	貓咪
❻ ようす	0 名	様子	樣子
❼ コップ	0 名	kop（荷蘭語）	杯子
❽ ゴキブリ	0 名		蟑螂
❾ きれいずき	0 な形	きれい好き	愛乾淨、愛乾淨的人
❿ います	2 動		有
⓫ ほかに	3 副	他に	另外
⓬ なるほど	0 副		原來是
⓭ だれか	1 副助	誰か	有沒有誰、某人

文型 2-1　　　　　　　　　　　　　　　► MP3-26

❶ 部屋に　子供が　います。　　　　　❶ 房間裡面有小孩子。
　（部屋に　本棚が　あります。）　　　（房間裡面有書架。）
❷ 彼女は　料理が　上手な　人です。　❷ 她是擅長料理的人。

警察　　：部屋に　誰か　いましたか。

発見者：いいえ、誰も　いませんでした。

　　　　でも、ベットの　上に　黒い　猫が　1匹　いました。

警察　　：んー、じゃ、部屋は　どんな　様子でしたか。

発見者：きれい　好きな　彼女の　部屋に　ジュースの　缶や

　　　　お菓子などの　ごみが　たくさん　ありました。

警察　　：そうですか。他には？

発見者：机の　引き出しの　中に　物が　全然　ありませんでした。

警察　　：んー、なるほど。

発見者：それから、台所に　汚い　皿や　コップが　たくさん

　　　　ありました。そして、大きい　ゴキブリが　10匹　以上

　　　　いました。

警察　　：わあ。

警察　　：房間裡面有人嗎？

目擊者：不，沒有人。但是，床上有1隻黑色的貓。

警察　　：嗯，那麼，房間是什麼樣子呢？

目擊者：愛乾淨的她的房間裡，有許多果汁的罐子和零食點心類等等的垃圾。

警察　　：是這樣啊！還有呢？

目擊者：桌子抽屜裡面的東西全部不見了。

警察　　：嗯，原來如此。

目擊者：然後，廚房裡有很多髒的盤子和杯子。而且，有10隻以上的大蟑螂。

警察　　：哇！

⚙暖身一下c 試著說說看！

請看下面的圖畫，並使用「〜の（位置）に（無生命／有生命）が　あります／います。」說明圖畫的內容。

A：部屋に　誰か　いますか。
B：いいえ、誰も　いません。でも、犬が　1匹います。

A：房間裡面有人嗎？
B：不，沒有人。但是，有1隻狗。

例
部屋に　誰か　いますか。
（犬・1匹）

1
部屋に　何か　ありますか。
（子供・2人）

2
木の　そばに　何か　ありますか。
（鳥・1匹）

3
家の　外に　誰か　いますか。
（車・1台）

4
庭に　誰か　いますか。
（犬・3匹）

例　房間裡面有人嗎？（狗・1隻）

1. 房間裡面有什麼嗎？（小孩子・2個）　　2. 樹的旁邊有什麼嗎？（鳥・1隻）

3. 家的外面有誰嗎？（車・1台）　　　　4. 庭院裡面有誰嗎？（小狗・3隻）

🎬 練習2 套進去說說看！

警察（けいさつ）：部屋（へや）は　どんな　様子（ようす）でしたか。

発見者（はっけんしゃ）：①部屋（へや）に　②ごみが　たくさん　ありました。

警察（けいさつ）：そうですか。他（ほか）には？

発見者（はっけんしゃ）：③机（つくえ）の　引（ひ）き出（だ）しの　中（なか）に　④物（もの）が　全然（ぜんぜん）　ありませんでした。

警察（けいさつ）：んー、なるほど。

警察　　：房間是什麼樣子呢？

發現者：①房間裡有很多②垃圾。

警察　　：這樣啊。另外呢？

發現者：③桌子的抽屜裡的④東西全部不見了。

警察　　：嗯，原來如此。

例 ①部屋（へや）

②ごみ

③机（つくえ）の引（ひ）き出（だ）しの中（なか）

④物（もの）

❶ ①ソファの上（うえ）

②長（なが）い髪（かみ）の毛（け）

③ポスト

④郵便物（ゆうびんぶつ）

❷ ①テレビの横（よこ）

②大（おお）きいかばん

③庭（にわ）

④花（はな）

❸ ①机（つくえ）の上（うえ）

②英語（えいご）の本（ほん）

③本棚（ほんだな）

④本（ほん）

❹ ①いすの下（した）

②彼女（かのじょ）の写真（しゃしん）

③タンス

④服（ふく）

❺ ①台所（だいどころ）

②汚（きたな）い食器（しょっき）

③台所（だいどころ）の引（ひ）き出（だ）し

④包丁（ほうちょう）

例　①房間 ②垃圾 ③桌子的抽屜裡面 ④東西

1. ①沙發的上面 ②長的頭髮 ③郵筒 ④郵件

2. ①電視的旁邊 ②大的包包 ③庭園 ④花

3. ①桌子的上面 ②英語的書 ③書架 ④書

4. ①椅子的下面 ②她的照片 ③衣櫃 ④衣服

5. ①廚房 ②髒的餐具 ③廚房的抽屜 ④菜刀

生詞 2-2　　　　　　　　　　　　　　　　　　MP3-28

① あと 1 副			還有
② たばこ 0 名	煙草		香菸
③ すいがら 0 名	吸殻		菸蒂、菸頭
④ はいざら 0 名	灰皿		菸灰缸
⑤ ひと 0 名	人		人
⑥ げんき 1 な形	元気		精神、活力
⑦ すてき 0 な形	素敵		厲害
⑧ わざわざ 1 副			特意

🌀 情境會話 2-2　　　▶ MP3-29

発見者：あと、彼女は　料理が　好きな　人ですから、

　　　　毎日　しますが、冷蔵庫の　中に　食べ物が

　　　　何も　ありませんでした。

警察　：そうですか。

発見者：そうそう、

　　　　灰皿に　たばこの　吸殻が　何本も　ありましたよ。

警察　：それは、彼女のですか。

発見者：いいえ、違います。彼女は　たばこを　吸いませんから。

警察　：分かりました。

　　　　今日は　わざわざ　どうも　ありがとう　ございました。

目擊者：還有，因為她是很喜歡料理的人，所以每天都會做，

　　　　但是冰箱裡面卻沒有任何食物。

警察　：是這樣啊。

目擊者：對了、對了，菸灰缸裡面也有幾支菸蒂喔。

警察　：那是她的嗎？

目擊者：不，不是的。因為她不抽菸。

警察　：了解了。今天還讓您特意前來，真的非常感謝。

練習1 套進去說說看！

A：①彼女は　どんな　人ですか。
B：②料理が　好きな　人ですよ。

A：①她是怎麼樣的人呢？
B：②喜歡做料理的人喔。

例

①彼女
②料理が好きな

①
①陳さん
②親切

②

①楊さん
②きれい

③
①劉さん
②静か

④
①周さん
②有名

⑤

①張さん
②ハンサム

⑥

①林さん
②元気

⑦

①簡さん
②ピアノが上手

⑧

①古さん
②素敵

例　①她 ②喜歡做料理的

1. ①陳先生 ②親切的　　2. ①楊小姐 ②漂亮的　3. ①劉同學 ②安靜的

4. ①周先生 ②有名的　　5. ①張先生 ②帥氣的　6. ①林同學 ②有精神的

7. ①簡小姐 ②鋼琴很厲害的　8. ①古小姐 ②厲害的

❀ 文型說明

A.「～に　～が　います。」（～有～）（文型2－1－①）

　　和「～に～があります。」一樣，「に」是「表示存在場所」的助詞，放在場所名詞的後面，而「が」的前面則是這個句子的主詞。但是，動詞使用「います」時，「が」前面的主詞一定是要有生命的。

場所	＋	**に**	＋	有生命物	＋	**が**	＋	います。
場所	＋	**に**	＋	無生命物	＋	**が**	＋	あります。

例

部屋（へや）　に　猫（ねこ）　が　います。　房間裡有貓。
庭（にわ）　に　子供（こども）　が　います。　庭園裡面有小孩。

B.「な形容詞＋名詞」（文型2－1－②）

　　語尾不是「い」的形容詞，叫做「な形容詞」，當「な形容詞」後面接續要修飾的名詞時，形容詞的語尾要加上「な」。不過，像是「きれい」（漂亮）、「ゆうめい」（有名）、「きらい」（討厭）等等，它們的語尾雖然是「い」，但卻屬於「な形容詞」，要特別注意。

例

❶ 静（しず）か　＋　**な**　＋　猫（ねこ）　＝　静（しず）かな　猫（ねこ）
　　な形　　　　　　　　　　　名

ここに　**静（しず）かな**　猫（ねこ）が　います。　這裡有隻**安靜**的貓。

❷ きれい　＋　**な**　＋　猫（ねこ）　＝　綺麗（きれい）な　猫（ねこ）
　　な形　　　　　　　　　　名

ここに　**きれいな**　猫（ねこ）が　います。　這裡有隻**漂亮**的貓。

C.「んー」（嗯……）

這是一種表示猶豫的應答詞彙，在對話中擁有很重要的功能。以下的例子，是表示正在思考著要如何回應對方。

> 明日の　飲み会、一緒に　行きませんか。
>
> 明天的飲酒會，要一起去嗎？

> んー、明日は　ちょっと…。
>
> 嗯……明天有點……。

D.「なるほど」（原來如此）

「なるほど」是用來表現對於其他知識、意見或現實的狀況等，表達認同其正確性和合理性的心情。因為含有評斷對方所提供的資訊與意見的語意，所以若拿來當作對長輩或上司的應答、附和，會顯得非常沒有禮貌，請小心使用。

例

A：（友達による文法の説明）〜から、ここの　答えは、「3番」ですよ。
B：あー、**なるほど**。よく　分かりました。ありがとう。

A：（朋友在解說文法）因為〜，所以這題的答案是「3」喔。
B：啊，**原來如此**。非常清楚了。謝謝你。

E.「あと」（然後、還有）

　　「あと」和「あとは」用來當作連續詞，和「それから」（然後）是相同的表現。常常用在口語上。

例/

わたしの　家には、猫が　います。**あと**、犬と　小鳥も　います。

我家有貓。**然後**，也有狗和小鳥。

F.「そうそう」（對了）

　　突然想起要講的事情時所使用的開頭語。

例/

A：今日は　暑かったですね。
B：本当ですね。あっ、**そうそう**、本間先生の　作文の　宿題、
　　もう　出しましたか。
A：えっ、宿題？まだです。

A：今天很熱耶！
B：真的耶！啊，**對了**！本間老師的作文作業已經交了嗎？
A：咦，作業。還沒。

G.「わざわざ」（特地）

　　這是用來傳達「感謝對方並非安排好，卻還是積極地前來的辛勞」的心情表現。

例/

A：これ、先週　借りた　本です。
B：**わざわざ**　家まで　届けに　来て　くれて、ありがとう　ございます。

A：這個，上禮拜跟你借的書。
B：還**特地**讓你拿來我家還我，真是謝謝你！

🌸 生詞 3 MP3-30

❶ ウエスト 0 名	waist（英語）	腰
❷ おとこ 0 名	男	男生
❸ おんな 0 名	女	女生
❹ こがお 0 名	小顔	小臉
❺ スタイル 2 名	style（英語）	身形、身材
❻ ひとえ 2 名	一重	單眼皮
❼ ひげ 0 名		鬍子
❽ おしゃれ 2 な形		時髦的
❾ しんせつ 1 な形	親切	親切的
❿ そっくり 3 な形		非常像的
⓫ ほそい 2 い形	細い	細的
⓬ まるい 0 い形	丸い	圓的
⓭ こんな　かんじ	こんな感じ	這種感覺

🌸 文型 3 MP3-31

❶ 父は　背が　高くて、足が　長いです。 ❶ 父親的個子很高，腳又長。

❷ 彼は　ハンサムで、親切です。 ❷ 他又帥氣又親切。

❸ 目が　とても　細かったです。 ❸ 眼睛非常細。

❹ その　人は　男でした。 ❹ 那個人是男生。

❺ 彼女は　とても　きれいでした。 ❺ 她非常漂亮。

警察　　：その　人は　男でしたか、女でしたか。

発見者：男でした。体が　細くて、背が　高かったです。

警察　　：どんな　顔でしたか。

発見者：そうですね。顔が　長くて、顎に　髭が　ありました。

警察　　：髭ですね。

発見者：それから、目が　一重で、細かったです。

警察　　：鼻は？

発見者：鼻は　大きかったですね。

　　　　でも、口は　とても　小さかったです。

警察　　：なるほど。

発見者：すごく　ハンサムでしたよ。

　　　　それから、髪が　きれいで、長かったです。

警察　　：（警察が書いた似顔絵を見せながら）こんな　感じですか。

発見者：おお、そうです。すごく　そっくりです。

警察　　：那個人是男生還是女生呢？

目擊者：是男生。身體很瘦、個子很高。

警察　　：臉長得怎麼樣呢？

目擊者：這樣啊。臉長長的、下巴有鬍子。

警察　　：鬍子啊。

目擊者：然後，眼睛單眼皮、又細。

警察　　：鼻子呢？

目擊者：鼻子很大喔。但是嘴巴非常小。

警察　　：原來如此。

目擊者：非常帥氣喔！然後，頭髮很漂亮，長長的。

警察　　：（警察一邊展示畫的肖像）像這樣嗎？

目擊者：喔！就是這樣。非常像。

🌀 暖身一下D 試著說說看！

顔の部分 臉部

（頭）

（額頭）

（眉毛）

（耳朵）

（眼睛）

（鼻子）

（嘴巴）

🌀 暖身一下E 試著說說看！

体の部分 身體

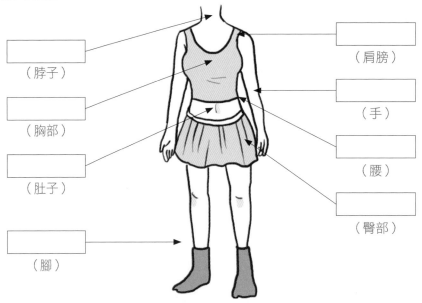

（脖子）

（肩膀）

（胸部）

（手）

（肚子）

（腰）

（臀部）

（腳）

◉練習1 將兩句話連在一起

請用「い形容詞〜くて」或者是「名詞／な形容詞〜で」將兩句話連成一句。

A：どんな　顔でしたか。　　　　　　　A：什麼樣的臉啊？

B：そうですね。　　　　　　　　　　　B：這樣啊。

　　顔が　長くて、顎に　髭が　ありました。　　臉長長的、下巴有鬍子。

例 顔が長い
　　顎に髭があります

❶ 目が一重　　　　　❷ 鼻が低い　　　　　❸ 歯がきれい
　　顔が丸い　　　　　　耳が大きい　　　　　口が小さい

❹ 小顔　　　　　　　❺ 耳が大きい　　　　❻ 額が広い
　　鼻が高い　　　　　　ひげがあります　　　眉毛が太い

例　臉長長的、下巴有鬍子

1. 單眼皮、臉圓圓的　　2. 鼻子很塌、耳朵很大　　3. 牙齒很漂亮、嘴巴很小

4. 臉小小的、鼻子很高　5. 耳朵很大、有鬍子　　6. 額頭很寬、眉毛很粗

A：わあ、 <u>スタイルが　いい</u> 女の人（男の人）　A：哇！<u>身材很好的女人（男人）</u>
　　です ね。　　　　　　　　　　　　　　　　　　　　呢！

B：わあ！<ruby>羨<rt>うらや</rt></ruby>ましいですね。　　　　B：哇！真令人羨慕呢。

例

❀ 文型說明

A.形容詞的「て形」（文型 з－①②）

い形容詞

い形容詞的句子與其他句子連接時，要去掉「い形容詞」的「い」，再加上「く て」。

> い形容詞　～い
> 　　　　　→くて

例//

高<del>い</del>くて　→　高くて

父は　背が　**高くて**、足が　長いです。

父親個子高、腳又長。

※例外：いい　→　よくて

　　　例：陳さんは　頭が　**よくて**、ハンサムです。

　　　　　陳先生頭腦好又帥氣。

な形容詞

名詞句或な形容詞句的接續，只要把「です」改成「で」即可。

> な形容詞　＋　で、～

例//

ハンサム　＋　で、～

彼は　ハンサム**で**、親切です。

他既帥氣又親切。

名詞 ＋ で、～

例/
にほんじん
日本人 ＋ で、～

かれ　　　　にほんじん　　　　いしゃ
彼は　日本人で、医者です。

他是日本人，也是醫生。

※名詞的て形變化與な形容詞一樣。

※以上的接續用法，除了用來連接相同主題的句子之外，也適用於連接不同主題的數
　個句子。但在接續價值觀相反的句子時，則要使用「が」（雖然～但是～）。

例/
　　　かれ　　　　　　　　　　　　せいかく　　　わる
×彼は　ハンサムで、性格が　悪いです。

　　　かれ　　　　　　　　　　　　　せいかく　　　わる
○彼は　ハンサムですが、性格が　悪いです。

他長得很帥氣，**但是**個性非常糟糕。

B. 形容詞、名詞的過去肯定形（文型3-③④⑤）

い形容詞

ほそ
細い　です。
ほそ
→細かった　です。

例/
め　　　　　　　　　ほそ
目が　とても　細かったです。

眼睛非常細。

※因為「です」前面的形容詞會變化成過去式，所以「です」沒有必要變成「でし
　た」。

な形容詞

きれい ~~です~~。

→きれい でした。

例

彼女_{かのじょ}は きれい**でした**。 她很漂亮。

名詞

男_{おとこ} ~~です~~。

→男_{おとこ}でした。

例

その 人_{ひと}は 男_{おとこ}**でした**。 那個人是男的。

C. 副詞「すごく」（非常地）

「すごく」（非常地）是口語化的表現，在正式場合時，會使用「とても」（非常）、「非常_{ひじょう}に」（非常地）。

例

今日_{きょう}は **すごく** 疲_{つか}れました。 今天非常疲累。

 會話

生詞　　　　　　　　　　　　　　　　　　　▶MP3-33

❶ ヒント ① 名　　　　　　　　hint（英語）　　　提示

❷ つめたい ⓪ い形　　　　　　冷たい　　　　　　冷的、涼的

問題 I 「～が～にいます。」「～が～にあります。」（～有～）

步驟：

❶ A和B二人一組進行活動。

❷ A將書翻到P.89，B則將書翻到P.90，不能看到彼此的畫。

❸ 首先從A開始，説明畫中房間的形狀。

❹ B聽完A的説明後，請畫一幅畫。

❺ 之後，換聽B説明，請A畫一幅畫。

會話例

A：ベッドの　上に　何が　ありますか。

B：雑誌が　あります。そして、雑誌の　上に、
　　めがねが　あります。

A：じゃ、ベッドの　下に　何か　ありますか。

B：はい、かばんが　ひとつ　あります。……（継続）

A：床上有什麼嗎？

B：有雜誌。還有，雜誌上有眼鏡。

A：那麼，床的下面有什麼嗎？

B：是的，有1個包包。……（繼續對話）

步驟：

❶ 請向搭檔說明房間①的擺設。

❷ 請聽搭檔的說明，試著畫出房間②的樣子。

房間①

房間②

步驟：

❶ 請聽搭檔的說明，試著畫出房間①的樣子。

❷ 請向搭檔説明房間②的擺設。

房間①

房間②

🎴 問題2 用「形容詞的て形」，猜猜是什麼

步驟：

❶ A和B二人一組進行活動。各準備一張白紙，並寫下3樣物品、食物或動物等。

❷ 參考以下的會話例，自由進行對話。

❸ A先向B詢問被描述的東西是什麼，待B回答後，A推測正確的答案。

❹ 接著換B詢問A。

❺ 答對較多的那方即為獲勝。

❻ 會話中，請至少一定要使用「形容詞て形」一次。

會話例

A：それは、どんな ものですか。
B：ええと、冷たくて、甘い ものです。

A：那個是怎麼樣的東西呢？
B：嗯，又冷又甜的東西。

A：アイスクリームですか。
B：そうです。正解です。

A：冰淇淋嗎？
B：是的。正確答案。

A：んー。分かりません。
　他に ヒントが ありますか。
B：夏に よく 食べます。
A：スイカですか。
B：いいえ、違います。いろいろな 味が あります。
A：アイスクリームですか。
B：正解です。

A：嗯。我不知道。有其他的提示嗎？
B：夏天常會吃。
A：西瓜嗎？
B：不，不是喔。有很多種口味。
A：冰淇淋嗎？
B：正確答案。

◉ 問題1 聽聽看有什麼、有幾個？   ▶ MP3-34

請聽音檔，從下方選出對應的圖片，寫下圖片編號及物品名稱，並記下物品的數量。

何 什麼	数 數量
例　a（ケーキ）	2つ
1	
2	
3	
4	
5	

ケーキ
蛋糕

服
衣服

車
車

漫画の本
漫畫書

猫
貓

傘
傘

🎞 問題2 是哪一個人呢？

請聽音檔，並選出與說明相符的人。

生詞 ▶ MP3-35

❶ イケメン	0	名		型男、帥哥
❷ おじさん	0	名		叔叔、伯伯
❸ かっこいい	4	名		帥氣的
❹ じょゆう	0	名	女優	女演員
❺ ちょっと	1	副		輕微、有點

▶ MP3-36

❶ _____ ⓐ  ⓑ  ⓒ  ⓓ

❷ _____ ⓐ  ⓑ ⓒ ⓓ

❸ _____ ⓐ ⓑ ⓒ ⓓ

❹ _____ ⓐ ⓑ ⓒ ⓓ

❺ _____ ⓐ ⓑ ⓒ ⓓ

自己打分數

✓ 能夠描述遺失物品的外觀。

✓ 能夠說明房間的狀態。

✓ 能夠描述人的模樣。

☆☆☆☆☆ （一顆星20分，滿分100分，請自行塗滿。）

❀ 延伸學習 ❀

1. 顔（かお）の部分（ぶぶん） 臉部 ▶ MP3-37

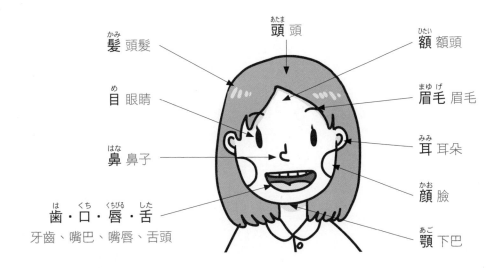

頭（あたま） 頭

髪（かみ） 頭髪

額（ひたい） 額頭

目（め） 眼睛

眉毛（まゆげ） 眉毛

鼻（はな） 鼻子

耳（みみ） 耳朵

顔（かお） 臉

歯（は）・口（くち）・唇（くちびる）・舌（した）
牙齒、嘴巴、嘴唇、舌頭

顎（あご） 下巴

2. 体（からだ）の部分（ぶぶん） 身體 ▶ MP3-38

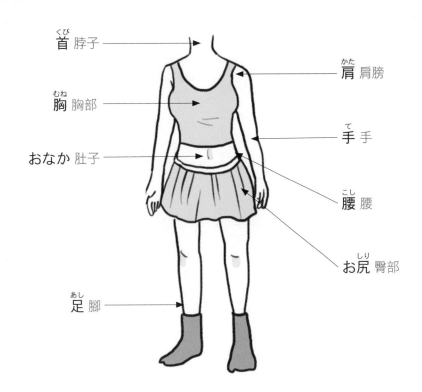

首（くび） 脖子

肩（かた） 肩膀

胸（むね） 胸部

手（て） 手

おなか 肚子

腰（こし） 腰

お尻（しり） 臀部

足（あし） 腳

3. 家具　傢具

タンス 衣櫃	クローゼット 壁櫥	本棚 書架	食器棚 食品器具的架子
棚 架子	テーブル 桌子	机 桌子	椅子 椅子
ソファー 沙發	ベッド 床	絨毯 地毯	引き出し 抽屜

その他　其他

布団 棉被	枕 枕頭	毛布 毛毯	クッション 靠墊
鏡 鏡子	カーテン 窗簾	鏡台 梳妝台	

4. 電気製品　電器用品

テレビ 電視	ラジオ 收音機	アイロン 熨斗	扇風機 電風扇
ファックス 傳真機	パソコン 個人手提電腦	デジタルカメラ 數位相機	エアコン 空調
ステレオ 立體聲音響	CDプレーヤー CD播放器	掃除機 吸塵器	ホームベーカリー 麵包機
ミキサー 果汁機	洗濯機 洗衣機	乾燥機 除濕機	コーヒーメーカー 咖啡機

電気ポット	電気毛布	オーブン	電子レンジ
電熱水壺	電熱毛毯	烤箱	微波爐

オイルヒーター	シェーバー	電動歯ブラシ	炊飯器
暖爐	刮鬍刀	電動牙刷	電鍋

食器乾燥機	冷蔵庫	こたつ	ヘアードライヤー
烘碗機	冰箱	日式暖桌	吹風機

5. 色 顔色　▶ MP3-41

赤 (い)	青 (い)	黄色 (い)	白 (い)	黒 (い)
紅	藍	黃	白	黑

緑	紫	紺	水色	オレンジ
綠	紫	藏青	水藍色	橘（orange）

茶色・ブラウン	灰色・グレー	ピンク	シルバー・銀
咖啡（brown）	灰（gray）	粉紅（pink）	銀色（silver）

6. 位置 位置　▶ MP3-42

上	下	前	後ろ
上	下	前	後

中	隣	横	間
裡面	旁邊	旁邊	中間

量詞	匹 隻	枚 片	冊 本	本 支、條	台 台
物品例	猫 貓 犬 狗 虫 蟲	皿 盤子 服 衣服 紙 紙張	本 書本 ノート 筆記本	傘 雨傘 鉛筆 鉛筆 バナナ 香蕉	自動車 汽車 カメラ 照相機 テレビ 電視
1	**いっぴき**	いちまい	**いっさつ**	**いっぽん**	いちだい
2	にひき	にまい	にさつ	にほん	にだい
3	**さんびき**	さんまい	さんさつ	**さんぼん**	さんだい
4	よんひき	よんまい	よんさつ	よんほん	よんだい
5	ごひき	ごまい	ごさつ	ごほん	ごだい
6	**ろっぴき**	ろくまい	ろくさつ	**ろっぽん**	ろくだい
7	ななひき	ななまい	ななさつ	ななほん	ななだい
8	**はっぴき**	はちまい	**はっさつ**	**はっぽん**	はちだい
9	きゅうひき	きゅうまい	きゅうさつ	きゅうほん	きゅうだい
10	**じゅっぴき**	じゅうまい	**じゅっさつ**	**じゅっぽん**	じゅうだい
?	**なんびき**	なんまい	なんさつ	**なんぼん**	なんだい

集団主義の日本人

團體主義的日本人

「團體主義」長期被視為日本社會最為明顯的文化特徵。團體主義代表「個人不以自己之私利，危害到整體利益」。例如古代日本農村社會的「村八分」，是指破壞全體村民生活秩序的人，對這樣的人，會經過村落會議加以制裁或放逐。

日本重視團體主義，人與人之間強調和諧，以確保團體的安定，而團體則提供個人安全感及歸屬感。例如日本企業的管理模式，會要求員工努力在和諧的團隊精神下競爭，以提升企業成長，而企業則提供的「終身僱用制」及「年功序列制」保障員工，讓員工以身為該企業的職員為榮。另一方面，由於日本人強烈的團體歸屬感，造成了個人應屬於團體、團體成員是「一蓮托生」（命運共同體）的價值觀，也因此否定了具有獨立人格之個體存在。

團體主義是日本國民特性中一種很重要的精神，不僅對日本社會的發展及歷史造成重大的影響，同時也深深影響著每個國民。但是這支配日本社會的深層意識，在歐美文化及近代全球經濟發展影響下，已使現代日本人的國民性及企業管理模式逐漸產生了變化。

MEMO

行き方を尋ねる・道案内

（い　かた　たず　みちあんない）

詢問如何前往、指路

你能用日語問路嗎？

學習目標

① 能夠向人詢問要如何前往目的地及所需時間。

② 能夠向對方説明如何前往目的地。

③ 能告訴計程車司機要去的地方。

④ 被人稱讚的時候，能用日語謙虛應對。

第3課（1）

✿ 生詞 I ▶ MP3-44

① もより ⓪ 名　　　　　　最寄　　　　最近的

② かかります ④ 動　　　　　　　　　　花費

③ ほど ⓪ 副　　　　　　　　　　　　大概（比「ぐらい」（大約）禮貌）

④ もっと ① 副　　　　　　　　　　　　更

⑤ どのくらい ① 疑代　　　　　　　　　多少

⑥ どうか　しましたか　　　　　　　　怎麼了嗎？

⑦ ～たいんですが　　　　　　　　　　我想做～（某行為）

⑧ ～せん　　　　　　～線　　　　　～線（電車）

✿ 文型 I ▶ MP3-45

① 秋葉原（あきはばら）まで　行（い）きたいんですが……。

② ここから　新宿駅（しんじゅくえき）まで　どのくらい　かかりますか。

① 我想去秋葉原……。

② 從這裡到新宿站大約要多久呢？

（駅で）

駅員：どうか　しましたか。

客　：ええ、秋葉原まで　行きたいんですが……。

駅員：秋葉原ですか。では、1番線ですよ。

客　：ここから　秋葉原まで　電車で　どのくらい

　　　かかりますか。

駅員：そうですね。３０分ほど　かかりますね。

客　：３０分ですか……。タクシーでは　どのくらい

　　　かかりますか。

駅員：タクシーは　もっと　時間が　かかりますよ。

客　：そうですか。ありがとう　ございました。

（在車站）

站務人員：怎麼了嗎？

乘客　　：嗯，我想到秋葉原……。

站務人員：秋葉原嗎？那麼，要搭1號線喔。

客人　　：從這裡到秋葉原，坐電車的話大約

　　　　　要花多少時間呢？

站務人員：那樣啊。大概要花30分鐘。

客人　　：30分鐘嗎……。搭計程車的話大約

　　　　　要花多少時間呢？

站務人員：計程車要花更多時間喔。

客人　　：這樣啊。謝謝您。

練習1 套進去說說看！

A：あのう、すみません。

B：どうか　しましたか。

A：<u>秋葉原</u>まで　行きたいんですが……。

B：<u>秋葉原</u>ですか。じゃ、<u>1番線</u>ですよ。

A：那個，不好意思。

B：怎麼了嗎？

A：我想要去<u>秋葉原</u>……。

B：<u>秋葉原</u>嗎？那麼，要搭<u>1號線</u>喔。

例

秋葉原

❶
浅草

❷
上野動物園

❸
築地

❹
明治神宮

❺
皇居

❻
アメ横

例　秋葉原

1. 浅草　2. 上野動物園　3. 築地　4. 明治神宮　5. 皇居　6. 阿美横町

練習2 套進去說說看！

A：すみません、
　　①秋葉原まで　行きたいんですが……。
B：じゃ、②電車が　いいですよ。

A：不好意思，
　　我想①去秋葉原……。
B：那麼，②電車比較好喔。

例 ①秋葉原まで行きます
　　②電車がいいです

❶ ①ラーメンを食べます
　　②「嵐山」がいいです

❷ ①水を買います
　　②コンビニはあそこにあります

❸ ①お寺の写真を撮ります
　　②京都のお寺はきれいです

❹ ①台北行きのバスに乗ります
　　②バス乗り場は郵便局の前です

例　①去秋葉原 ②電車比較好

1. ①吃拉麵 ②「嵐山」比較好

2. ①買水 ②那邊有便利商店

3. ①拍寺廟的照片 ②京都的寺廟很漂亮

4. ①搭乘往台北的巴士 ②巴士站牌在郵局的前面

🎬 練習3 套進去說說看!

A：①ここから　②秋葉原まで

　　③電車で　どのくらい　かかりますか。

B：そうですね。④３０分ほど　かかりますね。

A：そうですか。どうも。

A：從①這裡到②秋葉原，

　　③搭電車大約要花多少時間呢？

B：那樣啊。大概要花④30分鐘吧。

A：這樣啊，謝謝。

例

　　③電車で　　①ここ　→　②秋葉原
　　　　　　　④３０分

❶

　　③スクーターで　①家　→　②最寄の駅
　　　　　　　④10分

❷

　　③歩いて　①大学　→　②駅
　　　　　④5分〜７分

❸

　　③高速鉄道で　①台北　→　②台中
　　　　　　　④５０分

❹

④４０分
_{よんじゅっぷん}

③車で
_{くるま}
①桃園
_{とうえん} ——→ ②台北
_{たいぺい}

❺

④2時間半
_{にじかんはん}

③新幹線で
_{しんかんせん}
①東京
_{とうきょう} ——→ ②大阪
_{おおさか}

❻

④１時間半
_{いちじかんはん}

③飛行機で
_{ひこうき}
①北海道
_{ほっかいどう} ——→ ②東京
_{とうきょう}

例　①這裡 ②秋葉原 ③搭電車 ④30分鐘

1. ①家 ②最近的車站 ③騎機車 ④10分鐘　　2. ①大學 ②車站 ③走路 ④5分鐘～7分鐘

3. ①台北 ②台中 ③搭高鐵 ④50分鐘　　4. ①桃園 ②台北 ③開車 ④40分鐘

5. ①東京 ②大阪 ③搭新幹線 ④2個半小時　6. ①北海道 ②東京 ③搭飛機 ④1個半小時

第 3 課

☯ 文型說明

A.「～たいんですが」（我想……）（文型 I－①）

動詞ます形（～ます）＋たいんですが

「～たいんですが」有提起話題的作用，後面一般接續表示委託或請求許可的內容。其中的「～たい」可用來說明當下的狀況，也讓對方事先做好心理準備。而這時的「が」則起著連接上下文的作用，表示猶疑和客氣。

例/

A：すみません、新宿へ　行き**たいんですが**、何番ホームですか。
B：新宿ですか。じゃ、１番ホームですよ。

A：不好意思，**我想**去新宿，請問是幾號月台呢？
B：新宿嗎？那麼，是1號月台喔。

「～たいんですが」後面接續的內容，如果說話者和聽話者都明白時，則後面的內容多會省略。

例/

A：すみません、新宿へ　行き**たいんですが**……。
B：新宿ですか。じゃ、１番ホームですよ。

A：不好意思，**我想**去新宿……。
B：新宿嗎？那麼，是1號月台喔。

B.「どのくらい」（多久、多少）（文型 I－②）

「どのくらい」是疑問代名詞，用來詢問程度高低和各種數量。這裡是用來詢問時間或費用。

例/

A：台北から　高雄まで　高速鉄道で　**どのくらい**　かかりますか。
B：１時間半ぐらい　かかります。

A：從台北到高雄坐高鐵大概要**多久**？

B：大約1個半小時。

A：一週間の　食事代は　**どのくらい**　かかりますか。

B：そうですね。だいたい　5000元ぐらい　かかります。

A：一個星期的餐費大約**多少**？

B：那個嘛。大概5000元。

A：いつも　**どのくらい**　泳ぎますか。

B：1kmぐらいですね。

A：游泳大概都游**多遠**？

B：1公里左右吧。

A：昨日は　**どのくらい**　ビールを　飲みましたか。

B：んー、4杯ぐらいですよ。

A：昨天大概喝了**多少**啤酒呢？

B：嗯……，大概4杯喔。

c.「どうか　しましたか」（怎麼了嗎？）

　　「どう　しましたか」意思是「怎麼了嗎？」，是有把握對方遇到了某些事情因此加以詢問。

　　「どうか　しましたか」帶有「不確定對方是否有發生或遇到什麼事情」的語感，所以即使有把握對方遇到了什麼事情，這樣的問法也能比較委婉地表達。

例

A：**どうか　しましたか。**

B：ええ、東京駅行きの　電車に　乗りたいんですが……。

A：**怎麼了嗎？**

B：嗯，我想搭往東京車站方向的電車……。

生詞 2

▶ MP3-47

① いけ ② 名	池	池塘
② いりぐち ⓪ 名	入り口	入口
③ うけつけ ⓪ 名	受付	櫃台
④ おくりかた ⓪ 名	送り方	寄送的方法
⑤ たてもの ② 名	建物	建築物
⑥ にもつ ① 名	荷物	行李
⑦ めの　まえ ③ 名	目の　前	眼前
⑧ やっきょく ⓪ 名	薬局	藥局
⑨ じどうはんばいき ⑥ 名	自動販売機	自動販賣機
⑩ フロント ⓪ 名	front（英語）	櫃台
⑪ モノレール ③ 名	monorail（英語）	單軌電車
⑫ リムジンバス ⑤ 名	limousine（英語）＋ bus（英語）	（和製英語）利木津巴士
⑬ ビル ① 名	building（英語）（略）	大樓
⑭ パスポート ③ 名	passport（英語）	護照
⑮ プレイガイド ④ 名	play（英語）＋ guide（英語）	（和製英語）售票機
⑯ ATM 名	automatic teller machine（英語）（略）	自動櫃員機
⑰ おります ③ 動	降ります	下車、下降
⑱ かえます ③ 動	換えます	更換
⑲ なくします ④ 動	失くします	遺失
⑳ のります ③ 動	乗ります	搭乘

㉑ のりかえます 5 動　　乗り換えます　　　　　　　　　轉乘

㉒ すぐ 1 副　　　　　　　　　　　　　　　　　　立即

🎬 文型 2　　　　　　　　　　　　　　　▶ MP3-48

❶ 上野動物園まで　どう　行ったら　いいですか。　❶ 要怎麼去上野動物園呢？

❷ 新宿駅で　電車に　乗って、上野駅で　降ります。　❷ 在新宿站搭電車，在上野站下車。

🎬 情境會話 2　　　　　　　　　　　　　　▶ MP3-49

（駅の前で）

A：すみません。渋谷まで　行きたいんですが、

　　どう　行ったら　いいですか。

B：んー、そうですね。ここから　大江戸線に　乗って、

　　青山一丁目駅で　銀座線に　乗り換えて、

　　渋谷駅で　降りたら　いいですよ。

A：あのう、Max映画館は　渋谷駅から　すぐですか。

B：ええ、駅の　すぐ　目の　前に　大きい　ビルが　あります。

　　映画館は　その　ビルの　12階に　ありますよ。

A：そうですか。ありがとう　ございました。

（車站前）

A：不好意思。我想要去澀谷，要怎麼去呢？

B：嗯……，這樣啊。從這裡坐大江戸線，在青山一丁目站換乘銀座線，

　　之後在澀谷站下車就行了。

A：那個，Max電影院，就在澀谷站附近嗎？

B：嗯，車站一出來眼前就有一棟大樓。電影院就在那棟大樓的12樓。

A：那樣啊。謝謝您。

🎞練習1 套進去說說看！

A：すみません。①東京駅まで　行きたいん
　　ですが、②どう　行ったら　いいですか。
B：③1番線から　電車に　乗ったら　いい
　　ですよ。

A：不好意思，我①想要去東京車
　　站，②要怎麼去才好呢？
B：③搭1號線的電車就行了喔。

例 ①東京駅まで行きたいです
　　②どう行きます
　　③1番線から電車に乗ります

❶ ①パスポートを失くしました
　　②どうします
　　③交番へ行きます

❷ ①お金を換えたいです
　　②どこで換えます
　　③ホテルのフロントや銀行で
　　　換えます

❸ ①空港へ行きたいです
　　②何で行きます
　　③リムジンバスで行きます

❹ ①遊園地のチケットを買いたいです
　　②どこで買います
　　③プレイガイドやコンビニで
　　　買います

❺ ①荷物の送り方について聞きたいです
　　②誰に聞きます
　　③あの受付の人に聞きます

例　①去東京車站 ②要怎麼去 ③搭1號線的電車

1. ①弄丟了護照 ②怎麼辦 ③去派出所

2. ①換錢 ②在哪換 ③在旅館的櫃台或銀行換

3. ①去機場 ②怎麼去 ③搭利木津巴士去

4. ①買遊樂園的門票 ②在哪買 ③在售票機或便利商店買

5. ①詢問關於行李的寄送方法 ②向誰詢問 ③向那位櫃台的人員詢問

🎞 練習2 套進去說說看！

A：すみません、①渋谷まで どう 行ったら いいですか……。

B：①渋谷ですか。ここから ②大江戸線に 乗って、③青山一丁目駅で ④銀座線に 乗り換えて、⑤渋谷駅で 降りたら いいですよ。

A：不好意思，到①澀谷，請問要 怎麼去才好呢……？

B：①澀谷嗎？從這裡坐②大江戶 線，在③青山一丁目站換乘④ 銀座線，之後在⑤澀谷站下車 就可以囉。

第 3 課

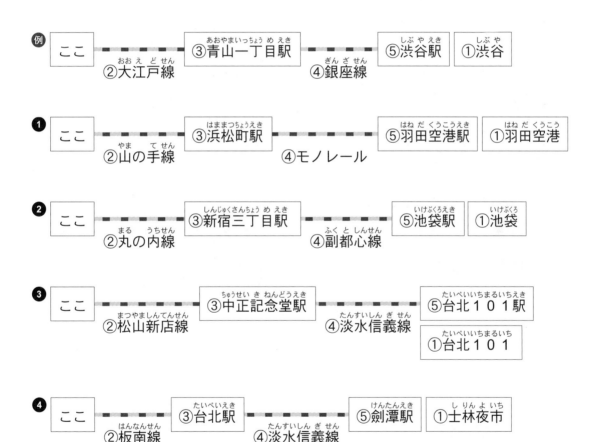

例　①澀谷 ②大江戶線 ③青山一丁目站 ④銀座線 ⑤澀谷站

1. ①羽田機場 ②山手線 ③濱松町站 ④單軌電車 ⑤羽田機場站

2. ①池袋 ②丸之內線 ③新宿三丁目站 ④副都心線 ⑤池袋站

3. ①台北101 ②松山新店線 ③中正紀念堂站 ④淡水信義線 ⑤台北101站

4. ①士林夜市 ②板南線 ③台北車站 ④淡水信義線 ⑤劍潭站

A：①映画館は　どこに　ありますか。

B：あそこの　②駅の　前に　③大きい　ビルが　あります。①映画館は　その　③大きい　ビルの　④右に　ありますよ。

A：①電影院在哪裡呢？

B：那裡的②車站前有③大樓。①電影院就在那個③大樓的④右邊喔。

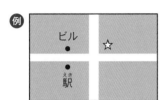

①映画館

②駅の前

③大きいビル

④右

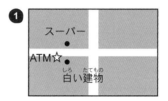

①ATM

②スーパーの前

③白い建物

④入り口

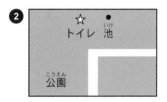

①トイレ

②公園の中

③池

④近く

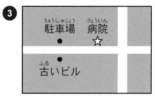

①病院

②古いビルの後ろ

③駐車場

④隣

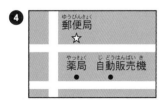

①郵便局

②自動販売機の左

③薬局

④後ろ

例　①電影院 ②車站前 ③大樓 ④右邊

1. ①ATM ②超市前 ③白色的建築物 ④入口

2. ①廁所 ②公園裡 ③池塘 ④附近

3. ①醫院 ②舊大樓後 ③停車場 ④旁邊

4. ①郵局 ②自動販賣機左邊 ③藥局 ④後面

💮 文型說明

A.「疑問詞〜たら　いいですか」（……才好呢？）（文型2-①）

疑問詞＋動詞た形＋らいいですか

　　説話者用「〜たらいいですか」（……才好呢？）來徵求聽話者的建議，請聽話者指示自己應該或最好去做的事情。

例

東京駅（とうきょうえき）まで　どう　行（い）ったら　いいですか。 怎麼去東京站才好呢？

何番線（なんばんせん）に　乗（の）ったら　いいですか。 搭幾號線才好呢？

どこで　降（お）りたら　いいですか。 在哪裡下車才好呢？

B.「〜て〜て」（表示動作的順序）（文型2-②）

　　「（動詞1）て（動詞2）ます」用來表示動作的順序。動詞的「て形」能夠連接2個以上的句子。並且「動詞1」跟「動詞2」的句子主格（は／が）相同，所以「動詞2」句子的主格助詞（は／が）可以省略掉。

（動詞1）ます　＋　（動詞2）ます　→　（動詞1）て、（動詞2）ます。

例

東京駅（とうきょうえき）で　新幹線（しんかんせん）に　乗（の）ります。＋新大阪駅（しんおおさかえき）で　降（お）ります。

在東京站搭新幹線。＋在新大阪站下車。

＝東京駅（とうきょうえき）で　新幹線（しんかんせん）に　乗（の）って、新大阪駅（しんおおさかえき）で　降（お）ります。

＝在東京站搭新幹線，在新大阪站下車。

＊注意：「て形」不能表示句子的時態，整個句子是不是過去式，要由句中最後一個動詞的時態來判斷。

デパートへ　行って、父の　誕生日プレゼントを　買いました。

去百貨公司買了爸爸的生日禮物。（過去式）

明日　バスに　乗って、病院へ　行きます。

明天要坐公車去醫院。（現在式）

C. 終點＋「に」（抵達某地點）

表示抵達的地點（移動的終點）。

例／

飛行機に　乗ります。　搭飛機。

空港に　着きました。　到達機場了。

D. 起點＋「を」（離開某地點）

表示離開的地點（移動的起點）。

例／

バスを　降ります。　下公車。

喫茶店を　出ます。　離開咖啡店。

電車は　駅を　出発しました。　電車從車站出發了。

第3課（3）

生詞 3 ▶ MP3-50

1	たいこ 0 名	太鼓	太鼓
2	たからづか 3 名	宝塚	寶塚
3	だいこんもち 3 名	大根もち	蘿蔔糕
4	まつり 0 名	祭	祭典
5	みぶんしょう 0 名	身分証	身分證
6	ぼんおどり 3 名	盆踊り	盂蘭盆節祭典
7	ウインタースポーツ 7 名	winter sports（英語）	冬季運動
8	シートベルト 4 名	seat belt（英語）	安全帶
9	スタイル 2 名	style（英語）	體型、風格
10	スケート 2 名	skate（英語）	滑冰
11	マッサージ 3 名	massage（英語）	按摩
12	おきます 3 動	置きます	放置
13	さんかします 5 動	参加します	參加
14	ぬぎます 3 動	脱ぎます	脱
15	はらいます 4 動	払います	支付
16	はいります 4 動	入ります	進入
17	みせます 3 動	見せます	給～看
18	きびしい 3 い形	厳しい	嚴格的
19	すごく 2 副		非常

20	ぜひ 1 副	是非	務必
21	とっても 0 副		非常（「とても」的口語）
22	ほんとうに 0 副	本当に	真的
23	よく 1 副		很
24	わかく 1 副	若く	年輕
25	そんな　こと　ないです		沒這回事
26	きが　ききます	気が利きます	細心
27	こだま 0 名		（新幹線的一種）回聲號
28	ひかり 3 名		（新幹線的一種）光號

🎯 文型 3　　　　　　　　　　　　▶ MP3-51

❶ シートベルトを　して　ください。
❷ 東京<ruby>とう<rt>とうきょう</rt></ruby>とか　京都とか、行きたいです。
❸ いつか　行って　みたいです。

❶ 請繫上安全帶。
❷ 想去東京或京都。
❸ 改天想去去看。

🎞 情境會話 3　　▶ MP3-52

（タクシーの中<ruby>中<rt>なか</rt></ruby>で1）

A：すみません。ABCホテルまで　お<ruby>願<rt>ねが</rt></ruby>いします。

B：ABCホテルですね。あのう、お<ruby>客<rt>きゃく</rt></ruby>さん、すみませんが、

　　シートベルト、して　くださいね。<ruby>日本<rt>にほん</rt></ruby>は　<ruby>厳<rt>きび</rt></ruby>しいですから。

A：あっ、そうですか、すみません。

B：お<ruby>客<rt>きゃく</rt></ruby>さん、<ruby>日本語<rt>にほんご</rt></ruby>、<ruby>上手<rt>じょうず</rt></ruby>ですね。

A：いいえ、そんな　こと　ないですよ。

B：どちらの　<ruby>方<rt>かた</rt></ruby>ですか？

A：<ruby>台湾<rt>たいわん</rt></ruby>です。

B：へえ、<ruby>台湾<rt>たいわん</rt></ruby>ですか。よく　テレビで　<ruby>見<rt>み</rt></ruby>ますよ。

　　<ruby>夜市<rt>よいち</rt></ruby>とか　<ruby>足<rt>あし</rt></ruby>マッサージとか、いいですね。

　　いつか　<ruby>行<rt>い</rt></ruby>って　みたいなあ。

A：ぜひ　<ruby>来<rt>き</rt></ruby>て　みて　くださいよ。

（計程車裡1）

A：不好意思。麻煩到ABC旅館。

B：ABC旅館嗎？那個，客人，不好意思，請繫上安全帶喔。因為日本很嚴格。

A：啊，這樣啊，不好意思。

B：客人，日文講得很好呢。

A：沒有啦，沒這回事啦。

B：是從哪來的呢？

A：台灣。

B：咦，台灣嗎？很常在電視上看到喔。有夜市和腳底按摩等等，很棒耶。改天想去去看呢。

A：請一定要來看看喔！

🎞 練習1 套進去說說看！

A：すみませんが、<u>シートベルトを　して</u>
　　<u>ください。</u>
B：あっ、すみません。

A：不好意思，請繫上安全帶。

B：啊，不好意思。

例 シートベルトをします

❶ 先にお金を払います

❷ ここで靴を脱ぎます

❸ ここで身分証を見せます

❹ ここに荷物を置きます

❺ ここから中に入ります

例　繫上安全帶

1. 先付錢　2. 在這裡脫鞋子　3. 在這裡出示身分證　4. 將行李放在這裡　5. 從這邊進去

🎞 練習2 套進去說說看！

A：<u>日本語、とても　上手ですね。</u>
B：いいえ、そんな　こと　ないですよ。

A：<u>日文非常好呢。</u>

B：沒有啦，沒這回事啦。

例 日本語、とても上手ですね。

❶ スタイル、とてもいいですね。

❷ すごく若く見えますね。

❸ ご主人、とっても素敵ですね。

❹ 本当によく気が利きますね。

❺ いつもきれいですね。

例　日文非常好呢。

1. 身材非常好呢。　2. 看起來很年輕呢。　3. 您先生人非常好呢。

4. 真的很細心呢。　5. 一直都很漂亮呢。

🎞️ 練習3 套進去說說看！

A：①夜市とか　②足マッサージとか
　　いいですよね。一度　③台湾へ　行って
　　みたいなあ。

B：ぜひ　④行って　みて　くださいよ。

A：①夜市和②腳底按摩之類的都很
　　棒呢。想③去台灣一次看看哪。

B：請一定要④去看看喔！

例　①夜市
　　②足マッサージ
　　③台湾へ行きます
　　④行って

❶　①小籠包
　　②大根もち
　　③台湾料理を食べます
　　④食べて

❷　①スキー
　　②スケート
　　③ウインタースポーツをします
　　④して

❸　①こだま
　　②ひかり
　　③新幹線に乗ります
　　④乗って

❹　①太鼓
　　②盆踊り
　　③お祭に参加します
　　④参加して

❺　①歌
　　②ダンス
　　③宝塚を見ます
　　④見て

例　①夜市 ②腳底按摩 ③去台灣 ④去

1. ①小籠包 ②蘿蔔糕 ③吃台灣料理 ④吃　　2. ①滑雪 ②滑冰 ③做冬季運動 ④做

3. ①回聲號 ②光號 ③搭新幹線 ④搭　　4. ①太鼓 ②盂蘭盆節祭典 ③參加祭典 ④參加

5. ①唱歌 ②跳舞 ③觀賞寶塚 ④觀賞

❀ 文型說明

A.「～て　ください」（請～）（文型 з－①）

> 動詞て形＋ください

　　「動詞てください」是在「動詞て」（動詞て形）後面加上「ください」。「てください」有很多種用法，這裡所用到的「てください」是禮貌地去指示和命令對方的表達方式。

　　回答時則使用「はい」（好的）或「はい、わかりました」（好的，我知道了）。

例

パスポートを　見^みせて　ください。 請讓我看你的護照。

ここに　名前^{なまえ}を　書^かいて　ください。 請在這邊寫上姓名。

A：まっすぐ　行^いって　ください。
B：はい、わかりました。

A：請直走。
B：好的，我知道了。

＊注意：用來表達指示時，只能用在「聽話者理所當然要聽從説話者指示」的情況。

　　　　医者^{いしゃ}→患者^{かんじゃ}　　　醫生→病患
　　　　教師^{きょうし}→学生^{がくせい}　など　老師→學生　等等

　　另一個用法是表達對對方的關心。

例

ぜひ　行^いって　みて　ください。 請一定要去去看。

がんばって　ください。 請加油。

B.「〜とか〜とか」（〜和〜）（文型3−②）

（名詞1）とか（名詞2）とか

「とか」（〜之類的）是口語表現，用來列舉同類事物列，就像「AとかB（とか）」一樣，除了表示「〜和〜」之外，並暗示在這之外還有沒有提到的事物存在。

例

寿司とか そばとかを 食べたいです。

想吃壽司**和**蕎麥麵。

パンとか ミルクとか（を）買いました。

買了麵包**和**牛奶。

C.「〜て みます」（試〜看看）（文型3−③）

動詞て形＋みます

「動詞てみます」是用來表示「雖然不確定某事做了之後好不好、或是對不對，但還是要試著做做看」。

例

どうぞ、この クッキーを 食べて みて ください。昨日 初めて 作りました。

請**試**吃**看看**這個餅乾。昨天第一次做的。

而這裡的「動詞てみたい」則感受不太到「嘗試進行某行為」這樣的語感，反而是比較謹慎的表現。

例

一度 台湾へ 行って みたいです。 想去一次台灣**看看**。

D. 謙虛表現：「そんな　こと　ないですよ」（沒這回事啦）

在日本社會上，因為謙虛就是美德，所以當對方稱讚你的能力、技術、家族、物品等的時候，大致上都會用謙虛的話語來回應。

而當親近的人稱讚時，也許會大方地接受，不過當對方年齡比你大、或是沒那麼親近時，則會謙虛地回說「それほどでもない」（您過獎了）。

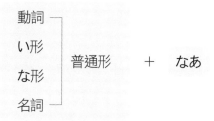

そんな　こと　ないですよ。
沒這回事啦。

まだまだです。
還差得遠呢。

いえいえ、とんでもない。
沒有啦，這沒什麼。

E.「なあ」（～啊）

```
動詞 ┐
い形 │
な形 │  普通形　＋　なあ
名詞 ┘
```

一般用於自言自語時，用來表達「感嘆」。不只可用於遺憾，也可以用在開心時。

あの　人、態度　悪いなあ。　那個人的態度真差啊。

いい　歌声だなあ。　真是好聽的歌聲啊。

🎴 生詞 4　　　　　　　　　　　　　　　　▶ MP3-53

①	うらがわ ⓪ 名	裏側	內側
②	せつめい ⓪ 名	説明	説明
③	りょうしゅうしょ ⓪ 名	領収書	發票、收據
④	サイン ① 名	sign(iture)（英語）	簽名
⑤	よろしい ③ い形		可以
⑥	ていねいに ① 副	丁寧に	細心地
⑦	もう ① 副		再、一點
⑧	おねがいできますか	お願いできますか	能夠麻煩您嗎
⑨	おろします ④ 名	降ろします	放下、讓～下車

🎴 文型 4　　　　　　　　　　　　　　　　▶ MP3-54

❶ まっすぐ　行って　ください。　　　　　❶ 請直走。

（タクシーの中で2)

運転手：この　辺ですが、どこで　降ろしたら　いいですか。

客　　：すみません、ここを　もう　少し　まっすぐ　行って

　　　　ください。

運転手：もう　少し　まっすぐですね。

客　　：ええ。あっ、すぐ　そこの　白い　建物の　前で

　　　　止めて　ください。

運転手：はい。ここで　よろしいですか。２３００円です。

客　　：すみません、領収書、お願いできますか。

運転手：はい、大丈夫ですよ。

（計程車裡2)

駕駛：就在這附近，哪裡讓您下車好呢？

客人：不好意思，請再直直往前開一點。

駕駛：再直直往前一點嗎？

客人：嗯。啊，請就停在那棟白色建築物的前面。

駕駛：好的。這裡可以嗎？總共是2,300日圓。

客人：不好意思，可以麻煩給我收據嗎？

駕駛：好的，沒問題喔。

◉練習1 套進去說說看！

客　　：すみません、ここを　もう　少し　まっすぐ　　　　　客人：不好意思，請再直
　　　　行って　ください。　　　　　　　　　　　　　　　　　　　　直往前開一點。

運転手：はい。　　　　　　　　　　　　　　　　　　　　　　駕駛：好的。

例 ここをもう少しまっすぐ行きます　　　❶ そこの橋を渡ります

❷ 二つ目の信号を左へ曲がります　　　　❸ そこの小道に入ります

❹ この道をまっすぐ行きます　　　　　　❺ そのビルの前で降ろします

例　再直直往前開一點

1. 過那座橋　　　2. 在第2個紅綠燈左轉　　　3. 進入那條小路

4. 往這條路直走　5. 在那棟大樓的前面下車

◉練習2 套進去說說看！

A：すみません、領収書、お願いできますか。　　　A：不好意思，可以麻煩（給我）

　　　　　　　　　　　　　　　　　　　　　　　　　　收據嗎？

B：はい。　　　　　　　　　　　　　　　　　　　　　B：好的。

例 客→運転手：領収書　　　　　　　❶ 運転手→客：もう一度説明

❷ 運転手→客：ここにサイン　　　　❸ 客→運転手：新宿まで

❹ 客→運転手：この荷物は丁寧に　　❺ 客→運転手：英語で

例　乗客→司機：收據

1. 司機→乘客：再説明一次　2. 司機→乘客：在這裡簽名

3. 乘客→司機：到新宿　　　4. 乘客→司機：小心搬運這個行李

5. 乘客→司機：用英語

❀ 文型說明

A. 助詞「を」

表示「通過點」。

例/

郵便局の 前を 通ります。 通過郵局的前面。

角を 曲がります。 轉彎。

飛行機は 空を 飛びます。 飛機在天空飛。

B. 「（名詞を）お願いできますか」（可以麻煩～嗎？）

「お願いできますか」意思是「可以麻煩～嗎？」。用法跟「～してください」
（請～）一樣，都是拜託對方某事，但「～をお願いできますか」的表達更為客氣。
口語表現中，其中「を」可以省略。

例/

予約を お願いできますか。
＝予約、お願いできますか。 可以麻煩您幫我預約嗎？

確認を お願いできますか。
＝確認、お願いできますか。 可以麻煩您幫我確認嗎？

伝言を お願いできますか。
＝伝言、お願いできますか。 可以麻煩您幫我留言嗎？

❀ 學習總複習 ❀

Part 1 會話

❀ 生詞
MP3-56

1 みどりの まどぐち 名　　　　　　みどりの窓口

緑色窗口（日本JR的票務櫃臺）

2 バスセンター 3 名　　　　　　bus center（英語）

公車總站

3 インフォメーションセンター 8 名　　　information center（英語）

服務中心

❀ 問題I 請說明你要去哪？

會話例

A：すみません。＿＿＿＿＿まで　行きたいんですが……。

B：＿＿＿＿＿ですか。

（行き方の説明）

A：分かりました。どうも　ありがとう　ございました。

B：いいえ、どう　いたしまして。

A：不好意思，我想要去＿＿＿＿＿……。

B：＿＿＿＿＿嗎？

（說明如何前往）

A：我知道了。非常謝謝您。

B：不會，不客氣。

A. 說明如何搭乘交通工具前往

請參考P.129會話例，自由進行對話。

① 雷門（浅草） 雷門（淺草）

② 中華街（横浜） 中華街（橫濱）

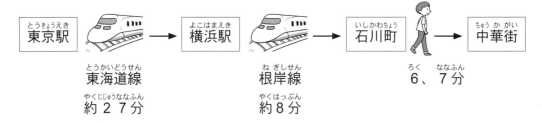

③ IKEA（イケア） IKEA宜家家居

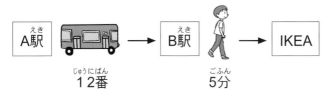

④ 高島屋デパート 高島屋百貨公司

B. 說明地圖

請參考P.129會話例，自由進行對話。

❶ みどりの窓口

緑色窗口

❷ ブルーホテル

藍色旅館

❸ バスセンター

公車總站

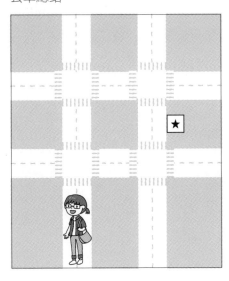

❹ インフォメーションセンター

服務中心

⚙ 問題2 模擬搭乘計程車

步驟：

❶ 告訴計程車駕駛你要去哪。

❷ 詢問抵達目的地需要的時間。

❸ 最後向計程車駕駛拜託3件事情。

生詞 ▶ MP3-57

❶ おつり	0 名		找錢
❷ かえり	3 名	帰り	回程
❸ こまかい　おかね	名	細かい　お金	零錢
❹ よやく	0 名	予約	預約
❺ じゅうたい	0 い形	渋滞	塞車
❻ トランク	2 副	trunk（英語）	後車廂
❼ ラッシュ	1 副	rush（英語）	尖峰時刻
❽ ひらけます	4 副	開けます（開きますの可能形）	打得開（開きます的可能形）
❾ いそぎます	4 名	急ぎます	加快
❿ けします	3 名	消します	關掉
⓫ つきます	3 名	着きます	到達
⓬ つけます	3 名		打開
⓭ のせます	3 名	乗せます	乘載

會話例

運転手：お客様、どこまでですか。

客　　：丸山ホテルまで　お願いします。

運転手：はい、かしこまりました。

客　　：すみませんが、どのくらい　かかりますか。

運転手：そうですね。今の　時間は　ラッシュですから、
　　　　1時間ぐらい　かかりますね。

客　　：そうですか。①すみませんが、少し　急いで　ください。

運転手：はい。

　　　　（……）

客　　：すごい　渋滞ですね。すみません、
　　　　②その　交差点を　左に　曲がって　ください。

運転手：はい。

客　　：あっ、あの　ビルの　前で　降ろして　ください。

運転手：あの　ビルの　前ですね。

　　　　（……）

運転手：はい、着きましたよ。2080円です。

客　　：③すみません、領収書、お願いできますか。

運転手：はい、よろしいですよ。

駕駛：客人，請問要到哪裡呢？

客人：麻煩到丸山飯店。

駕駛：好的，我知道了。

客人：不好意思，請問大概要多久呢？

駕駛：這樣啊。因為現在是尖峰時間，
　　　大概要花1小時左右吧。

客人：這樣啊。①不好意思，請稍微開快一點。

駕駛：好的。

（……）

客人：塞得好嚴重呢。不好意思，②請在那個十字路口左轉。

駕駛：好的。

客人：啊，請在那棟大樓前面讓我下車。

駕駛：那棟大樓的前面嗎？

（……）

駕駛：好的，已經到了喔。2,080日圓。

客人：③不好意思，可以麻煩給我收據嗎？

駕駛：好的，沒問題喔。

例 目的地 **丸山ホテル** 丸山飯店

所需時間 **1時間ぐらい** 1小時左右

車 資 **2080円** 2,080日圓

對駕駛的要求 ①**少し急いでほしい** 希望能開快一點
②**その交差点を左に曲がってほしい** 在那個十字路口左轉
③**領収書がほしい** 希望能開收據

1 目的地 **SOGOデパート** SOGO百貨

所需時間 **20分ぐらい** 20分鐘左右

車 資 **1780円** 1,780日圓

對駕駛的要求 ①**窓を開けてほしい** 希望能打開車窗
②**その橋を渡ってほしい** 希望能過那座橋
③**帰りの予約がしたい** 希望能預約回程

❷ 目的地 **山下公園**（やましたこうえん） 山下公園

所需時間 **20分ぐらい** 20分鐘左右

車 資 **1100円** 1,100日圓

對駕駛的要求 ① **エアコンをつけてほしい** 希望能開冷氣

② **そこの小道（こみち）に入（はい）ってほしい** 希望能進入那裡的小路

③ **領収書（りょうしゅうしょ）がほしい** 希望能有收據

❸ 目的地 **桃園ドーム**（とうえん） 桃園巨蛋

所需時間 **40分ぐらい** 40分鐘左右

車 資 **600元** 600元

對駕駛的要求 ① **ラジオを消（け）してほしい** 希望能關掉廣播

② **その角（かど）を右（みぎ）へ曲（ま）がってほしい** 希望能在那個轉角右轉

③ **帰（かえ）りも乗（の）せてほしい** 希望回程也能搭乘

❹ 目的地 **松山空港**（まつやまくうこう） 松山機場

所需時間 **1時間ぐらい** 1小時左右

車 資 **1300元** 1,300元

對駕駛的要求 ① **時間（じかん）を教（おし）えてほしい** 希望能告知時間

② **もう少（すこ）しまっすぐ行（い）ってほしい** 直直再往前開一點

③ **トランクの荷物（にもつ）を降（お）ろしてほしい** 希望能把後車廂的行李拿出來

⏣問題3 請回答下列問題。

❶ 請用日語詢問「從家裡到郵局要花多久時間？」。

_____

❷ 不知道離這裡最近的車站要怎麼走時，要怎麼用日語詢問？

_____

❸ 遇到需要幫忙的人，要如何用日語詢問他怎麼了？

_____

❹ 別人稱讚你日語很好時，應該怎麼用日語回話？

_____

❺ 要如何使用日語請對方開收據？

_____

Part 2 聽力

🎧 生詞

MP3-58

❶ かしこまりました ⑥			明白了
❷ むかい ② 名	向かい	對面

🎧 問題Ⅰ 請聽音檔，並選出正確的地點。　▶ MP3-59

❶ ＿＿＿＿

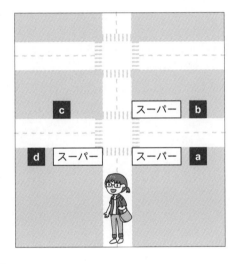

❷ ＿＿＿＿

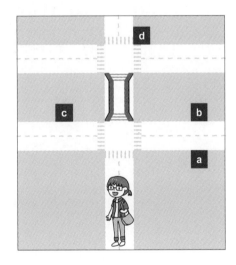

❸ ＿＿＿＿

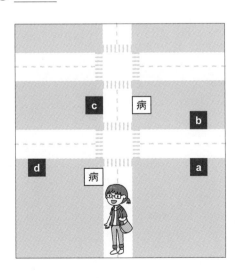

❹ ＿＿＿＿

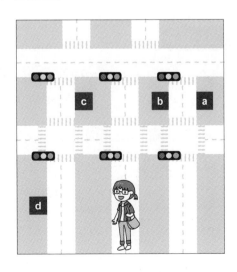

❶ _____ **❷** _____ **❸** _____

❹ _____ **❺** _____

延伸學習

I. 位置 位置

▶ MP3-61

日文	中譯	舉例
外（そと）	外面	家（いえ）の外（そと） 住家外面　教室（きょうしつ）の外（そと） 教室外面 窓（まど）の外（そと） 窗外
内（うち）	裡面	かばんの内側（うちがわ） 包包裡面
間（あいだ）	中間	本（ほん）の間（あいだ） 書本中間　図書館（としょかん）と本屋（ほんや）の間（あいだ） 圖書館和書店中間
向（む）かい	對面	このビルの向（む）かい 這棟建築的對面　先生（せんせい）の向（む）かい 老師的對面
横（よこ）	旁邊	わたしの横（よこ） 我旁邊　机（つくえ）の横（よこ） 桌子旁邊 かばんの横（よこ） 包包旁邊
隣（となり）	隔壁	わたしの隣（となり） 我隔壁　ビルの隣（となり） 建築的隔壁
近（ちか）く	附近	この近（ちか）く 這附近　デパートの近（ちか）く 百貨公司附近 わたしの近（ちか）く 我附近
辺（あた）り	附近	この辺（あた）り 這附近　公園（こうえん）の辺（あた）り 公園附近 学校（がっこう）の辺（あた）り 學校附近
奥（おく）	裡面	かばんの奥（おく） 包包裡面　棚（たな）の奥（おく） 架子裡面 山（やま）の奥（おく） 山裡
裏（うら）	背面	家（いえ）の裏（うら） 住家背面　駅（えき）の裏（うら） 車站背面
表（おもて）	表面	お札（さつ）の表（おもて） 紙鈔表面
正面（しょうめん）	正面	学校（がっこう）の正面（しょうめん） 學校正面　正面玄関（しょうめんげんかん） 正面玄關

2. 役立つフレーズ 好用的詞彙

A. 道案内 指路

生詞 ▶ MP3-62

① かど 1 名	角	轉角
② かんばん 0 名	看板	招牌
③ こうさてん 0 名	交差点	十字路口
④ この　へん 0 名	この辺	這附近
⑤ こみち 0 名	小道	小路
⑥ しんごう 0 名	信号	紅綠燈
⑦ はし 2 名	橋	橋
⑧ ひだり 0 名	左	左邊
⑨ みち 0 名	道	路
⑩ みぎ 0 名	右	右邊
⑪ おろします 4 動	降ろします	放下、讓～下車
⑫ おります 3 動	降ります	下車
⑬ はいります 4 動	入ります	進入
⑭ まがります 4 動	曲がります	轉彎
⑮ わたります 4 動	渡ります	過
⑯ まっすぐ 3 副		直直地
⑰ そって　あるきます	沿って歩きます	沿著走
⑱ とおりすぎます	通り過ぎます	經過、走過頭
⑲ ～め	～目	第～

・まっすぐ　行きます。　直走。

　例 その　道を　まっすぐ　行ってください。　請在那條路直走。

・一つ目、二つ目　第一個、第二個

　例 一つ目の　角、二つ目の　信号　第一個轉角、第二個紅綠燈

・（右・左）へ　曲がります。　向（右、左）轉。

　例 そこの　角を　右へ　曲がります。　在那邊的轉角向右轉。

・～を　曲がります。　在～轉彎。

　例 二つ目の　信号を　左へ　曲がります。　在第二個紅綠燈向左轉。

・～を　渡ります。　通過～。

　例 橋を　渡ります。　過橋。

・～に　入ります。　進入～。

　例 その　小道に　入って　ください。　請進入那條小路。

・～で　降ろします。　在～讓～下車。

　例 この　辺で　降ろして　ください。　請在這附近讓我下車。

・～に～があります。　在～有～。

　例 右に　郵便局が　あります。　右邊有郵局。

・～は～にあります。　～在～。

　例 タクシー乗り場は　駅の　前に　ありますよ。　計程車等候區在車站的前面喔。

・〜に沿って歩きます。 沿著〜走。

例 この 通りに 沿って 10分ぐらい 歩いて ください。

請沿著這條路走10分鐘左右。

・〜を通り過ぎます。 通過。

例 その 白い 建物を 通り過ぎて ください。

請走過那棟白色的建築物。

B. タクシーの中での会話 搭乘計程車時的談話

生詞 ▶ MP3-64

❶ いります 3 動	要ります	需要
❷ つみます 3 動	積みます	放（行李）
❸ つきます 3 動	着きます	到達
❹ よります 3 動	寄ります	繞去
❺ ひどい 2 い形		嚴重
❻ そろそろ 1 副		差不多
❼ とちゅうで	途中で	途中

表現 ▶ MP3-65

・告訴對方目的地
（目的地）まで お願いします。 麻煩載我到（目的地）。

（目的地）へ 行って ください。 請去（目的地）。

・事先詢問價錢
（目的地）まで いくらぐらい かかりますか。

到（目的地）大概要多少錢？

・詢問所需時間
　　（目的地）まで　どのくらい　かかりますか。　到（目的地）大概要多少時間？

・當有大型行李時
　トランクを　開けて　ください。　請幫我打開後車廂。

　荷物が　あります。トランクに　積んで　ください。

　我有行李，請幫我放到後車廂。

・趕時間時
　急いで　ください。　請開快點。

　（時間）までに　着きたいんですが。　我想在（時間）前到達。

・在途中有想繞去的地方、有一個以上的目的地時
　途中で　（地点）に　寄って　ください。　請在半路繞去（地點）。

　まず　（地点）へ　行って、それから、（地点）へ　行って　ください。

　先到（地點）之後再去（地點）。

・確認到達的時間
　もう　そろそろ　着きますか。　已經差不多要到了嗎？

　あと　どのくらい　かかりますか。　大約還要多久才到呢？

・在途中想下車
　渋滞が　ひどいですね。ここで　降ろして　ください。

　塞車塞得很嚴重呢。請讓我在這邊下車。

・付錢
　領収書を　お願いできますか。　請給我收據。

　おつりは　要りません。　不用找錢。

з. 動詞の分類＆て形（た形） 動詞的分類＆て形（た形）

A. 動詞的分類

・Ⅰ類動詞：「ます」前一音節為「イ」段音（母音是[i]）者。

書 <u>き</u> ます 寫
[ki　ki]

・Ⅱ類動詞：(1)「ます」前一音節為「エ」段音（母音是[e]）者。

食 <u>べ</u> ます 吃
[ta　be]

(2)「ます」前一音節為一音節者。

（一音節的只有「イ」段音和「エ」音）。

イ段 見 ます 看
[mi]

エ段 寝 ます 睡覺
[ne]

(3) 例外的動詞。

即便「ます」的前一音節是「イ」段音，也有可能不是Ⅰ類動詞而是Ⅱ類動詞。最容易弄錯的是Ⅰ類動詞和Ⅱ類動詞的上一段動詞。

例 起きます 起床 / 借ります 借
浴びます 淋 / 足ります 足夠
できます 可以 / 降ります 下車　等等，都是Ⅱ類動詞。

・Ⅲ類動詞：只有以下的這兩個字。

(1)します 做
(2)来ます 來

B. て形、た形的作法

・一類動詞：(1)「ます」前面一音節為「い」、「ち」、「り」時，改成促音「って」和「った」。

> 例 買います→買って / 買った
> 立ちます→立って / 立った
> 帰ります→ / 帰って / 帰った

(2)「ます」前面一音節為「に」、「び」、「み」時，改成鼻音「んで」和「んだ」。

> 例 読みます→読んで / 読んだ
> 死にます→死んで / 死んだ
> 遊びます→遊んで / 遊んだ

(3)「ます」前面一音節為「き」時，改成「いて」和「いた」。

> 例 書きます→書いて / 書いた
> ＊例外：「行きます」→「行って」

(4)「ます」前面一音節為「ぎ」時，改成「いで」和「いだ」。

> 例 急ぎます→急いで / 急いだ

(5)「ます」前面一音節為「し」時，改成「して」和「した」。

> 例 話します→話して / 話した

・二類動詞：「ます」前的語幹不變，將「ます」改成「て」和「た」即可。

> 例 見せます→見せて / 見せた

・三類動詞：「ます」前的語幹不變，將「ます」改成「て」和「た」即可。

> 例 します→して / した
> 来ます→来て / 来た

4. この課に出てきた地名、駅名、路線名 本課所用到的地名、站名、路線名稱

日本：東京

A. 地名

秋葉原	上野動物園	築地	明治神宮	皇居
秋葉原	上野動物園	築地	明治神宮	皇居

アメ横	雷門	中華街	上野	渋谷
阿美横町	雷門	中華街	上野	澀谷

羽田	浅草	横浜	浜松町	池袋
羽田	淺草	横濱	濱松町	池袋

新宿三丁目
新宿三丁目

B. 站名、路線名稱

大江戸線	山の手線	丸の内線	副都心線	銀座線
大江戶線	山手線	丸之內線	副都心線	銀座線

青山一丁目駅
青山一丁目站

台湾：台北

站名、路線名稱

松山新店線	淡水信義線	板南線	劍潭駅
松山新店線	淡水信義線	板南線	劍潭站

温泉旅館の海外進出とおもてなし精神

溫泉旅館進軍海外與「款待精神」

在日本海外新開的日式溫泉旅館似乎越來越多了，多虧如此，那些沒有充裕時間或因為地處遙遠而無法前往日本的人，也可以藉此輕易熟悉日本文化，亦能了解日本人在此方面細膩的成就。說到旅館，最重要的部分，可以說是細心地照料，也就是所謂「款待客人」的精神。而這份精神，正是日本的特色文化。到底，這份「款待精神」在外國真的能受到認同嗎？

幾年前，連續30年風光蟬聯「這就是專家所挑選的日本飯店100選」第1名、秉持純正日式風格的旅館「加賀屋」，也跨海來台開業了。加賀屋人氣沸騰的秘訣，在於女將們最重視的「款待」式服務。在加賀屋，每間房間會搭配一個客房專員（也就是所謂的「女將」），提供最細心的照料，以及預測顧客心理的個別化服務，使顧客心滿意足。這樣的「加賀流」服務精神，隨著開業，也全被帶進了台灣。

另外，某家位於熊本的溫泉旅館，進駐了泰國的某島嶼，並獲得成功。在那裡，「和式的款待精神」與泰國文化融為一體，不單是泰式建築與日式建築的融合而已，房間裡也有浴衣，從許多小地方都能窺見日本的影子。在日本以外的渡假村見到浴衣，是非常的新奇的一件事，尤其是在海灘與游泳池畔，以悠閒的姿態穿著浴衣，也是個新鮮的景色。

對文化背景與思考方式不同的人傳達日本的「款待精神」，是非常艱困的志業。但是，經過對當地職員的精心教育，與職員們積極進取的努力，也許真的能將日本人培育出的「款待精神」成功向海外輸出。所以接下來，也可藉由在海外建設旅館，將這份日本特色文化──「款待精神」優異之處向外推廣。同時，在提升國外認識日本之際，也期待能讓更多人對日本產生興趣。

MEMO

ほうもん
訪問
拜訪

拜訪日本人的住家時，
能用日語對話嗎？

學習目標

① 在拜訪日本人的家時，能說出必要的招呼用語。
（初次見面時的寒暄、與朋友家人見面時的寒暄、
道別時的寒暄）

② 能介紹自己的家人和朋友。

✿ 生詞 Ⅰ ▶ MP3-67

① あめ 1 名	雨	雨
② いま 2 名	居間	客廳
③ かんどら 0 名	韓＋ドラ drama（英語）	韓國連續劇
④ ひとで 0 名	人手	人手
⑤ ひるね 3 名	昼寝	午睡
⑥ まど 1 名	窓	窗戶
⑦ むこう 0 名	向こう	對面
⑧ あらいます 4 動	洗います	洗
⑨ あがります 4 動	上がります	上、登上
⑩ おもいます 4 動	思います	想
⑪ かかります 4 動		花費
⑫ しめます 3 動	閉めます	關（門）
⑬ たります 3 動	足ります	足夠
⑭ てつだいます 5 動	手伝います	幫助
⑮ できます 3 動		能夠
⑯ （おふろに）はいります 4 動	（お風呂に）入ります	洗澡
⑰ ふります 3 動	降ります	下（雨）
⑱ まちます 3 動	待ちます	等候
⑲ さきに 0 副	先に	事先
⑳ もう 1 副		快要

㉑ もう　いちど ⓪ 副　　　もう　一度　　　　再一次

㉒ もうすぐ ③ 副　　　　　　　　　　　　快要、即將

㉓ どなた ① 疑代　　　　　　　　　　　哪位

㉔ ～ご 接尾語　　　　　～後　　　　　　～之後

㉕ あら ① 感嘆　　　　　　　　　　　　唉呀

㉖ おじゃまします ⑤　　　お邪魔します　　打擾了

㉗
ごめんください。
請問有人在嗎？

㉘
いらっしゃい。
歡迎。

㉙
しばらくです。
好久不見。

㉚
お久（ひさ）しぶりです。
好久不見。

📽 文型 Ｉ　　　▶ MP3-68

❶ 父（ちち）は　今（いま）　寝（ね）て　います。

❷ もうすぐ　終（お）わると　思（おも）います。

❸ ちょっと　手伝（てつだ）って　もらえますか。

❹ 兄（あに）は　テレビを　見（み）て　いて、
　弟（おとうと）は　勉強（べんきょう）して　います。

❶ 父親現在正在睡覺。

❷ 我想過不久就會結束。

❸ 可以幫我一下嗎？

❹ 哥哥正在看電視，
　弟弟正在讀書。

陳　　　　　：ごめんください。

真由美の姉：はい、どなたですか。

陳　　　　　：真由美さんの　クラスメートの　陳です。

真由美の姉：（ドアを　開ける）あら、シンホエさん、

　　　　　　　いらっしゃい。しばらくですね。

陳　　　　　：はい、お久しぶりです。あのう、

　　　　　　　真由美さん　いますか。

真由美の姉：真由美は　今　お風呂に　入って　いますけど。

陳　　　　　：あっ、そうですか。

真由美の姉：もうすぐ　上がると　思いますから、

　　　　　　　家に　上がって、居間で　少し　待って

　　　　　　　もらえますか。

陳　　　　　：はい、じゃ　お邪魔します。

真由美の姉：どうぞ。

陳　　　　　：あれ？ご両親は　お出かけですか。

真由美の姉：いいえ、父は　向こうの　部屋で　昼寝して　いて、

　　　　　　　母は　2階で　韓ドラを　見て　いますよ。

陳　　　　　：請問有人在嗎？

真由美的姐姐：有，請問是哪位？

陳　　　　　：我是真由美的同學，我姓陳。

真由美的姐姐：（打開門）唉呀，信輝，歡迎。好久不見了呢。

陳　　　　　：是的，好久不見。那個，真由美在嗎？

真由美的姐姐：真由美現在正在洗澡。

陳　　　　　：啊，這樣啊。

真由美的姐姐：我想應該很快就洗好了，可以先進來，在客廳稍等一下嗎？

陳　　　　　：好，那我就打擾了。

真由美的姐姐：請。

陳　　　　　：咦？您的父母親出門了嗎？

真由美的姐姐：沒有，父親在對面房間睡午覺，母親在2樓看韓國連續劇喔。

客：ごめんください。　　　　　　　　　　客人：請問有人在嗎？

Ａ：いらっしゃい。　　　　　　　　　　　Ａ　：歡迎。

客：①お父さん、いらっしゃいますか。　　客人：①令尊，在嗎？

Ａ：②父は　今　　　　　　　　　　　　　Ａ　：②父親現在

　　　③お風呂に　入って　いますが……。　　　　正在③洗澡……。

客：あっ、そうですか。　　　　　　　　　客人：啊，這樣啊。

例 （Ａ＝子供）
①お父さん
②父
③お風呂に入ります

❶ （Ａ＝主人）
①奥さん
②妻
③買い物に行きます

❷ （Ａ＝奥さん）
①ご主人
②主人
③寝ます

❸ （Ａ＝奥さん）
①娘さん
②娘
③シャワーを浴びます

❹ （Ａ＝奥さん）
①息子さん
②息子
③外で車を洗います

❺ （Ａ＝子供）
①お母さん
②母
③電話します

例　（Ａ＝小孩）①令尊 ②父親 ③洗澡

1.（Ａ＝丈夫）①尊夫人 ②妻子 ③去買東西

2.（Ａ＝太太）①您先生 ②丈夫 ③睡覺

3.（Ａ＝太太）①令媛 ②女兒 ③淋浴

4.（Ａ＝太太）①令郎 ②兒子 ③在外面洗車

5.（Ａ＝小孩）①令堂 ②母親 ③打電話

⊛練習2 套進去說說看！

A：すみません、
　①もうすぐ　上がると　思いますから、
　②居間で　少し　待って　もらえますか。
B：はい、かまいませんよ。

A：不好意思，我想①應該很快就
　洗好了，可以請你②在客廳稍
　等一下嗎？

B：好的，沒關係喔。

例 ①もうすぐ上がります
　②居間で少し待ちます

❶ ①すぐ帰ってきます
　②10分後にもう一度電話をします

❷ ①雨が降ります
　②窓を閉めます

❸ ①まだ時間がかかります
　②先に行きます

❹ ①もうできます
　②ここで待ちます

❺ ①人手が足りません
　②手伝います

例　①很快就洗好了 ②在客廳稍等一下

1.①馬上回來 ②10分鐘後再打一次電話　2.①下雨 ②關窗戶

3.①還需要花不少時間 ②先去　　　　4.①已經好了 ②在這裡等候

5.①人手不夠 ②幫忙

練習3 請看圖敘述正在做什麼

例

父（ちち）　母（はは）

父は　部屋で　昼寝（ひるね）して　いて、
母は　テレビを　見（み）て　います。

父親正在房間睡覺，母親正在看電視。

❶

田中（たなか）　山下（やました）

_____は_____、

_____は_____います。

❷ $

山田（やまだ）　高橋（たかはし）

_____は_____、

_____は_____います。

❸

林（りん）　周（しゅう）

_____は_____、

_____は_____います。

❹

袁（えん）　劉（りゅう）

_____は_____、

_____は_____います。

❺

黃（こう）　鐘（しょう）

_____は_____、

_____は_____います。

🎴 文型說明

A.「〜て　います」（正在〜）（文型 I −①）

「（動詞て形）ています」表示正在進行中的動作。

例

今　ご飯を　食べて　います。　正在吃飯。

今　日本語を　勉強して　います。　正在學習日語。

B.「〜と　思います」（我想〜）（文型 I −②）

這裡的「〜と思います」（我想〜），是用來敘述個人的推測及判斷。

（わたしは）　 普通形 　と　思います。　我想 普通形 。

→主觀推測、判斷的內容

例

陳さんは　今日　来ません。　陳先生今天沒來。

→陳さんは　今日　来ないと　思います。　我想陳先生今天不會來。

明日　雨が　降ります。　明天會下雨。

→明日　雨が　降ると　思います。　我想明天會下雨。

C.「〜て　もらえますか。」（可以請你〜嗎？）（文型 I −③）

「（動詞て形）もらえますか。」（可以請你〜嗎？），是傳達自己的要求，同時以提問的形式，聽取、請問對方意向的表現。

例

すみません、窓を　閉めて　もらえますか。　不好意思，可以請你關窗嗎？

ちょっと　待って　もらえますか。　可以請你稍等嗎？

〜ていただけませんか。	（能不能請您〜呢？）
〜ていただけますか。	（可以請您〜嗎？）
〜てもらえませんか。	（能不能請你〜呢？）
〜てもらえますか。	（可以請你〜嗎？）

高 ← 禮貌程度 → 低

D.「Xは〜て、Yは〜」（X〜，Y〜）（文型Ｉ－④）

「Xは（動詞て形）、Yは〜」（X〜，Y〜）用來並列複數的事物，這個用法並沒有強調並列事物的差異或重要性。

例／

母は　買い物に　行って、父は　仕事に　行きました。

母親去買東西，父親去工作了。

兄は　働いて　いて、弟は　勉強して　います。

哥哥正在工作，弟弟正在讀書。

E. 感嘆詞「あら」（唉呀）

屬於感嘆詞，表示驚訝或喜悅等，當「あ」發高音，用來表達些許驚恐。若將「ら」發為高音，則會表現出懷疑的感覺，因此在這裡，要將「あ」發高音，然後以「あら↘」的方式來發音。一般來説，女性較常使用。

例／

あら、陳さん！お久しぶりです。

唉呀，陳先生！好久不見。

A：これ、お土産です。どうぞ
B：**あら**、おいしそう。いつも　ありがとう　ございます。

A：這個，特產。請。
B：**唉呀**，看起來好好吃的樣子。一直承蒙關照。

例

あら、とても　素敵<ruby>すてき</ruby>だわ。　唉呀，非常棒。

あら、雨<ruby>あめ</ruby>……。　唉呀，雨……。

F. 各種久違見面時的日語表現法

「しばらくですね。」（好久不見）：對部下、同事

「お久<ruby>ひさ</ruby>しぶりです。」（好久不見）：對誰都可以使用

「ご無沙汰<ruby>ぶ さ た</ruby>しています」（好久不見）：對上司

　　「しばらくです」針對的對象，是年紀較小或地位較低的人、同事，至於「お久<ruby>ひさ</ruby>しぶりです」則無關對方的位階，不論對誰都能使用。另外，也有「ご無沙汰<ruby>ぶ さ た</ruby>しています」的表現，這個是對年紀比自己長或地位比自己高的人使用。

G.「あれ？」（咦？）

　　見到或聽到意外的消息時，用來表示輕微的驚恐。

例

あれ？今日<ruby>きょう</ruby>は、水曜日<ruby>すいよう び</ruby>ですよね。

咦？今天，是星期三對吧！

あれ？鍵<ruby>かぎ</ruby>は　どこですか。

咦？鑰匙在哪裡？

🌼生詞 2　▶MP3-70

❶ おかし 2 名	お菓子	點心
❷ おかしづくり 4 名	お菓子作り	做點心
❸ きもち 0 名	気持ち	心情、感覺、情緒
❹ さいきん 0 名	最近	最近
❺ さっき 1 名		剛才
❻ そん（をします） 1 名	損（をします）	虧損
❼ じっか 0 名	実家	老家、娘家
❽ しょくじ 0 名	食事	吃飯
❾ たいふう 3 名	台風	颱風
❿ びょうき 0 名	病気	生病
⓫ へいじつ 0 名	平日	平常
⓬ ほしょう 0 名	保障	保障
⓭ インフルエンザ 5 名	influenza（英語）	流行性感冒
⓮ クッキー 1 名	cookie（英語）	餅乾
⓯ チャンス 1 名	chance（英語）	機會
⓰ ドライブ 2 名	drive（英語）	開車兜風
⓱ レポート 2 名	report（英語）	報告
⓲ あたたまります 6 動	温まります	加熱、使暖和
⓳ うんどうします 6 動	運動します	運動
⓴ えんりょします 4 動	遠慮します	客氣、謝絕

㉑ がんばります 5 動	頑張ります	加油
㉒ じょうりくします 6 動	上陸します	登陸
㉓ つくります 3 動	作ります	做、製作
㉔ ていしゅつします 5 動	提出します	提出
㉕ はやります 4 名	流行ります	流行
㉖ ふとります 4 動	太ります	胖
㉗ まけます 3 動	負けます	輸、失敗
㉘ やります 3 動		做
㉙ わすれます 4 動	忘れます	忘記
㉚ コピーします 1 動	copy（英語）＋します	複製
㉛ ひつよう 0 な形	必要	必須
㉜ かならず 0 副	必ず	必定
㉝ たまに 0 副		偶爾
㉞ ぜったい 3 副	絶対	絕對
㉟ やっと 0 副		終於
㊱ ゆっくり（します） 3 副		慢慢（做）

🎲 文型 2　　　　　▶ MP3-71

❶ これは　娘（むすめ）が　作（つく）った　クッキーです。

❷ 料理（りょうり）は　好きなので、よく　します。

❸ よく　お菓子（かし）を　作（つく）って　います。

❹ おいしそうですね。

❶ 這個是女兒所做的餅乾。

❷ 因為喜歡做料理，所以經常做。

❸ 經常做點心。

❹ 看起來好好吃喔。

A：こちらへ　どうぞ。

陳：はい、すみません。

A：クッキーでも　いかがですか。

陳：わあ、おいしそうですね。

A：これ、さっき　真奈美が　作った　クッキーですよ。

　　遠慮しないで、たくさん　食べて　くださいね。

陳：はい。

A：シンホエさんも　お菓子とか　作りますか。

陳：ええ。お菓子作りが　好きなので、

　　よく　クッキーとか　ケーキとか　作って　いますよ。

　　あっ、でも、味の　保障は　ありませんけど……。

A：這邊請。

陳：好的，不好意思。

A：要不要吃點餅乾呢？

陳：哇，看起來好好吃喔。

A：這個，真奈美剛才做的餅乾喔！

　　不用客氣，請多吃一點喔！

陳：好。

A：信輝也做點心嗎？

陳：嗯。因為喜歡做點心，經常做餅乾、蛋糕喔！

　　啊，但是，味道是沒有保障啦……。

🎞️ 練習1 套進去說說看！

A：①<u>クッキー</u>でも　いかがですか。

B：わあ、②<u>おいし</u>そうですね。

A：要不要（來點）①<u>餅乾</u>呢？

B：哇，看起來（感覺）好②<u>好吃</u>喔。

例 ①クッキー
　　②おいしい

❶ ①高梁酒（こうりゃんしゅ）
　　②強（つよ）い

❷ ①このアメリカのお菓子（かし）
　　②甘（あま）い

❸ ①日曜日（にちようび）みんなで食事（しょくじ）
　　②楽（たの）しい

❹ ①これからドライブ
　　②気持（きも）ちいい

❺ ①スープ
　　②熱（あつ）い

例　①餅乾 ②好吃

1. ①高粱酒 ②烈

2. ①這個美國點心 ②甜

3. ①星期日大家一起吃飯 ②開心

4. ①接下來去兜風 ②心情舒暢

5. ①湯 ②燙

練習2 套進去說說看！

A：これは　①さっき　真奈美が　作った
　　②クッキーですよ。③遠慮しないで、
　　④たくさん　食べて　くださいね。

B：はい。

A：這個是①真奈美剛才做的
　　②餅乾喔。③不用客氣，
　　請④多吃點喔。

B：好的。

例 ①さっき真奈美が作りました
　　②クッキー
　　③遠慮しません
　　④たくさん　食べます

❶ ①これは今流行っています
　　②インフルエンザ
　　③お風呂に入りません
　　④早く寝ます

❷ ①やっともらいました
　　②チャンス
　　③負けません
　　④頑張ります

❸ ①お昼には上陸します
　　②台風
　　③出かけません
　　④家にいます

❹ ①絶対買って損はしません
　　②本
　　③コピーしません
　　④買います

❺ ①明日提出します
　　②レポート
　　③忘れません
　　④必ずやります

例　①真奈美剛才做 ②餅乾 ③不要客氣 ④多吃點

1. ①這是現在正在流行 ②流行性感冒 ③不要洗澡 ④早點睡

2. ①終於得到了 ②機會 ③不要輸 ④加油

3. ①白天登陸 ②颱風 ③不要出門 ④待在家

4. ①絕對買到賺到 ②書 ③不要影印 ④買

5. ①明天提出 ②報告 ③不要忘記 ④一定要做

🎦 練習3 套進去說說看！

A：休みの 日は 何を して いますか。
B：①お菓子作りが 好きなので、よく
　　②クッキーとか 作って います。

A：假日都做什麼呢？
B：①因為喜歡做點心，經常
　　②做餅乾之類的。

例 ①お菓子作りが好きです
　　②クッキーとか作ります

第4課

❶ ①最近太りました
　　②運動します

❷ ①来年日本へ行きます
　　②日本語を勉強します

❸ ①母が病気です
　　②実家へ帰ります

❹ ①平日は忙しいです
　　②家でゆっくりします

❺ ①お金が必要です
　　②アルバイトします

例　①喜歡做點心 ②做餅乾之類的

1. ①最近胖了 ②做運動　2. ①明年去日本 ②學習日語

3. ①母親生病 ②回老家　4. ①平日很忙 ②在家悠閒度過

5. ①需要錢 ②打工

❀ 文型說明

A. 修飾名詞（文型2-①）

前面已經學習過了使用「い形容詞、な形容詞、名詞」的名詞修飾。

い形容詞＋名詞：大きい＋人＝大きい　人

な形容詞＋名詞：きれい＋人＝きれいな　人

名詞＋名詞　　：会社　＋人＝会社の　人

除了像上述一樣只用「單字」修飾名詞，還可以用「句子」來修飾名詞。句子若是「動詞句」，則動詞在名詞前要變成「普通形」。

例／ 動詞（普通形）＋名詞

明日　来ます　＋　人　＝　明日　来る　人

明天來　　　＋　人　＝　　明天來的人

明日　来ません　＋　人　＝　明日　来ない　人

明天不來　　　＋　人　＝　　明天不來的人

昨日　来ました　＋　人　＝　昨日　来た　人

昨天來　　　＋　人　＝　　昨天來了的人

昨日　来ませんでした　＋　人　＝　昨日　来なかった　人

昨天沒來　　　＋　人　＝　　昨天沒來的人

ご飯を　食べています　＋　人　＝　ご飯を　食べている　人

正在吃飯　　　＋　人　＝　　正在吃飯的人

＊注意：名詞修飾句中的主語，助詞會變成「が」或「の」。

例：わたしは　カレーを　作りました。

→これは　わたしが　作った　カレーです。

（これは　わたしの　作った　カレーです。）

B. 用來表示「理由」的「～ので」（因為～）（文型2-②）

＊例外：な形 / 名詞＋現在形肯定

×「～だので」　→　○「～なので」

「～ので」（因為～）是客觀地敘述因果關係的表現用法，前面要用「普通形」。不只是口語，也可以用於書面語。

例

交通事故が　あったので、遅刻しました。　因為有交通事故，遲到了。

一般是以「普通形＋ので」的形式來使用，不過在正式場合中，也會使用「禮貌形＋ので」。

例

今晩　用事が　ありますので、お先に　失礼します。

因為今晚有事，先告辭了。

＊注意：「から」和「ので」都可以用來表示理由，但是比起「～から」，「～ので」顯得更柔和、有禮貌，所以經常使用在解釋和拒絕的時候。

例：今日は　具合が　悪い**ので**、午後から　休みたいんですが……。

今天**因為**身體不舒服，想從下午開始請假……。

「～ので」後面不可以接續命令和禁止的事項。這類情況下，會使用「～から」。

例：×雨が　降って　きたので、急げ。

○雨が　降って　きた**から**、急げ。 要下雨了，快點。

×危ないので、行くな。

○危ない**から**、行くな。 很危險，不要去。

C. 用來表示「習慣」的「～て　います」（文型2-③）

（動詞て形）+います

「～ています」若與「**毎日**」（每天）、「**よく**」（經常）、「**時々**」（有時）
等表示頻率的語彙一起使用的話，則表示習慣。

例

毎朝　散歩して　**います**。 每天早上會散步。

よく　台北へ　行っ**て　います**。 經常去台北。

時々　外食して　**います**。 有時候會外食。

D. 樣態助動詞「～そうだ」（看起來～）（文型2-④）

い形（～~~い~~）+そうだ
な形　　　　+そうだ

在形容詞（い形容詞、な形容詞）後面接續「～そうだ」，是從某對象的外表來
推測該對象的性質，表示「看了以後，覺得是～樣子」的意思。

例

わあ、あの　ケーキ、美味しそうですね。

哇，那個蛋糕，**看起來**好好吃喔。

<ruby>陳<rt>ちん</rt></ruby>さんの　お<ruby>母<rt>かあ</rt></ruby>さん、<ruby>優<rt>やさ</rt></ruby>し**そうです**ね。

陳先生的媽媽，**看起來**好溫柔喔。

＊注意1：不可接續在從外表一看就知道的形容詞後面，例如：「かわいい」（可愛的）、

「きれい」（美麗的）、「ハンサム」（帥氣）、「<ruby>白<rt>しろ</rt></ruby>い」（白色的）……。

例：×<ruby>彼女<rt>かのじょ</rt></ruby>は　きれいそうです。　她看起來很漂亮。

×<ruby>彼<rt>かれ</rt></ruby>は　ハンサムそうです。　他看起來很帥。

＊注意2：不可接續用來表示自己的感情或感覺的形容詞後面，例如：「<ruby>痛<rt>いた</rt></ruby>い」（痛的）、

「<ruby>熱<rt>あつ</rt></ruby>い」（熱的）、「うれしい」（高興的）、「かなしい」（悲傷的）……。

例：×わたしは　うれしそうです。　我看起來很高興。

○<ruby>陳<rt>ちん</rt></ruby>さんは　うれし**そうです**。　陳先生**看起來**很高興。

×わたしは　<ruby>頭<rt>あたま</rt></ruby>が　<ruby>痛<rt>いた</rt></ruby>そうです。　我看起來頭很痛。

○<ruby>陳<rt>ちん</rt></ruby>さんは　<ruby>頭<rt>あたま</rt></ruby>が　<ruby>痛<rt>いた</rt></ruby>**そうです**。　陳先生**看起來**頭很痛。

E. 用來「提案」的「～でも　いかがですか。」（要不要～呢？）

名詞＋でもいかがですか。

禮貌地建議或勸告對方時所使用的表現法。

在「～はいかがですか」（～如何呢？）中加入「でも」（譬如、或者）後，意思依然相同，但是能緩和斷定的語氣。

例

ケーキでも　いかがですか。　要不要吃個蛋糕？

お<ruby>茶<rt>ちゃ</rt></ruby>でも　いかがですか。　要不要喝個茶？

F. 感嘆詞「あっ」（啊！）

當突然發現或想起什麼時，可以使用「あっ」（啊！）這個感嘆詞。

　　就像前面的會話，因為發現了對方可能因為自己說的「喜歡做點心，所以常常做」這句話，覺得自己「可以做出好吃的點心」，而發出了「啊」的感嘆，接著補充了「不過，味道沒有保障」。

例/

あっ、財布を　忘れました。　啊，忘了錢包。

（弟と一緒の場面を友達に見られ、誤解されていると気づく）

A：こんにちは。
B：久しぶり！あれ？この　方……
A：**あっ**、違いますよ。弟ですよ。
B：あー、びっくりした。

（和弟弟在一起時被朋友看到，發現被誤解了）

A：午安。
B：好久不見！咦？這位是……
A：**啊**，不是啦。是我弟弟喔。
B：啊！嚇了一跳。

生詞 3   MP3-73

① いけばな ② 名	生け花	插花
② えんか 名	演歌	演歌
③ かいがい ① 名	海外	國外
④ がいしけい ⓪ 名	外資系	外商
⑤ けっこん ⓪ 名	結婚	結婚
⑥ だいがくいん ④ 名	大学院	研究所
⑦ クラブ ⓪ 名	club（英語）	夜店
⑧ パティシエ ⓪ ① 名	pâtissier（法語）	糕點師傅
⑨ いけます ③ 動	生けます	插（花）、種植
⑩ とります ③ 動	取ります	拿、取得
⑪ せっけいします ⑤ 動	設計します	設計
⑫ かっぱつ ⓪ な形	活発	活潑
⑬ とくい ② な形	得意	擅長
⑭ うち ⓪ 名	家	我家
⑮ ちなみに ⓪ 副	因みに	順道一提
⑯ よやくします ⑤ 動	予約します	預約

文型 3   MP3-74

① お父さんって どんな方ですか。　　　　① 令尊是是怎麼樣的人呢？

② 父は コンピューターの 会社で 働いて います。　② 父親目前在電腦公司工作。

③ 兄は まだ 結婚して いません。　　　　③ 哥哥還沒結婚。

④ ３０歳なのに、まだ 独身です。　　　　④ 已經30歲了，卻還是單身。

⑤ ぜひ 紹介して ほしいです。　　　　　⑤ 希望務必能幫忙介紹。

A：陳さんの　お父さんって　何を　して　いる　方ですか。

陳：父ですか。コンピューターの　会社で　働いて　います。

A：そうですか。うちの　兄もですよ。

陳：えー、一緒ですね。因みに、
　　お兄さんは　結婚して　いますか。

A：いいえ、もう　３０歳なのに、まだ　結婚して　いません。
　　彼女も　いません……。

陳：どんな方ですか。

A：兄は、とても　活発な　人です。英語が　得意なので、
　　よく　一人で　海外へ　行って　います。

陳：わあー、行動的な　人ですね。
　　今度　ぜひ　紹介して　ほしいなあ。

A：陳先生的父親從事什麼工作呢？

陳：我父親嗎？目前在電腦公司工作。

A：是嗎？我的哥哥也是喔。

陳：咦，一樣呢。順道一提，哥哥結婚了嗎？

A：沒有，已經30歲了，卻還沒結婚。也沒女朋友……。

陳：是怎麼樣的人呢？

A：哥哥，是非常活潑的人。
　　因為擅長英語，經常一個人出國。

陳：哇，是行動派的人啊。
　　希望下次務必介紹一下啊。

A：①お父さんって 何を して いる 方ですか。

B：②コンピューターの 会社で 働いて います。

A：そうですか。

A：①令尊從事什麼工作呢？

B：目前②在電腦公司工作。

A：這樣啊。

例 ①お父さん
　②コンピューターの会社で働きます

❶ ①お兄さん
　②家を設計します

❷ ①お母さん
　②日本語を教えます

❸ ①奥さん
　②わたしの会社を手伝います

❹ ①ご主人
　②車を売ります

❺ ①お姉さん
　②大学院で勉強します

例　①令尊 ②在電腦公司工作

1. ①您的哥哥 ②在設計住宅　　2. ①令堂 ②在教日語

3. ①尊夫人 ②在我的公司幫忙　4. ①您的先生 ②在賣車子

5. ①您的姐姐 ②在研究所讀書

🎬練習2 套進去說說看！

A：①お兄さんは　②結婚して　いますか。

B：いいえ、もう　③３０歳なのに、まだ　②結婚して　いません。

A：えー、そうですか。

A：①您的哥哥②結婚了嗎？

B：沒有，已經③30歲了，還沒②結婚。

A：咦，這樣啊。

例 ①お兄さん
②結婚します
③もう３０歳です

1 ①お姉さん
②働きます
③大学を卒業しました

2 ①ご主人
②帰ります
③10時半

3 ①陳さんのクラス
②片仮名を勉強します
③平仮名が終わりました

4 ①書類
②できます
③会議が始まります

5 ①飛行機のチケット
②予約します
③一週間前

例　①您的哥哥 ②結婚 ③30歲

1. ①您的姐姐 ②工作 ③大學畢業了

2. ①您的先生 ②回家 ③10點半

3. ①陳先生的班級 ②學習片假名 ③平假名結束了

4. ①文件 ②完成 ③會議開始

5. ①機票 ②預約 ③1週前

A：①お兄さんって、どんな方ですか。　　　　A：①您的哥哥，是怎樣的人呢？

B：②兄は、③英語が　得意なので、　　　　B：②哥哥，因為③擅長英語，

　　④年に　2、3回　一人で　海外へ　行って　　　　④每年一個人出國2、3次喔。

　　いますよ。

A：へー、今度　ぜひ　紹介して　ほしいなあ。　A：咦，希望下次務必介紹一下啊。

例 ①お兄さん　　　　　　　　　　　　　❶ ①お爺さん
　　②兄　　　　　　　　　　　　　　　　　　②祖父
　　③英語が得意です　　　　　　　　　　　　③演歌が好きです
　　④年に2、3回一人で海外へ行きます　　　　④毎日歌を歌います

❷ ①お父さん　　　　　　　　　　　　　❸ ①お母さん
　　②父　　　　　　　　　　　　　　　　　　②母
　　③外資系の会社で働いています　　　　　　③生け花を教えています
　　④いつも外国人の友達と食事に行きます　　④いつも家で花を生けます

❹ ①お姉さん　　　　　　　　　　　　　❺ ①彼氏さん
　　②姉　　　　　　　　　　　　　　　　　　②彼氏
　　③パティシエ　　　　　　　　　　　　　　③ダンスが上手
　　④よくお菓子を持ってきます　　　　　　　④よくクラブで踊ります

例　①您的哥哥 ②哥哥 ③擅長英語 ④每年一個人出國2、3次

1. ①您的爺爺 ②爺爺 ③喜歡演歌 ④每天唱歌

2. ①令尊 ②父親 ③在外商公司工作 ④總是和外國朋友去用餐

3. ①令堂 ②母親 ③教插花 ④總是在家插花

4. ①您的姐姐 ②姐姐 ③糕點師傅 ④經常帶點心來

5. ①你的男朋友 ②男朋友 ③擅長舞蹈 ④常在夜店跳舞

❀ 文型說明

A. 用來表示「主題」的「～って」（文型3-①）

「～って」是提示說話的主題、話題的「とは」和「は」的口語用法。

名詞
動詞、形容詞（普通體）　＋　って

例

陳<ruby>さん<rt>ちん</rt></ruby>**って**、今日<ruby>きょう<rt></rt></ruby>　来<ruby>き<rt></rt></ruby>ますか。　陳先生，今天會來嗎？

これ**って**、先生<ruby>せんせい<rt></rt></ruby>の　本<ruby>ほん<rt></rt></ruby>ですか。　這個，是老師的書嗎？

B. 表示「身分、職業」的「～て　います」（文型3-②）

（動詞て形）＋います

「～ています」和習慣性的行為「～ている」相同，當要表示職業或身分等長期並反覆進行中的動作時，便可使用「～ています」。

例

父<ruby>ちち<rt></rt></ruby>は　高校<ruby>こうこう<rt></rt></ruby>で　英語<ruby>えいご<rt></rt></ruby>を　教<ruby>おし<rt></rt></ruby>えて　**います**。　父親在高中教英語。

母<ruby>はは<rt></rt></ruby>は　YCC会社<ruby>がいしゃ<rt></rt></ruby>で　働<ruby>はたら<rt></rt></ruby>いて　**います**。　母親在山田公司工作。

娘<ruby>むすめ<rt></rt></ruby>は　大学<ruby>だいがく<rt></rt></ruby>で　勉強<ruby>べんきょう<rt></rt></ruby>して　**います**。　女兒在大學讀書。

C.「（まだ）～て　いません」（還沒～）（文型3-③）

（動詞て形）＋いません

和「まだです」意思相同，表示在當下，事情還沒發生或動作還沒進行。

例

A：もう　ご飯<ruby>はん<rt></rt></ruby>を　食<ruby>た<rt></rt></ruby>べましたか。

B：いいえ、**まだ**　食<ruby>た<rt></rt></ruby>べて　**いません**。

A：已經吃飯了嗎？

B：不，**還沒**吃。

A：<ruby>第7課<rt>だいなな か</rt></ruby>は　もう　<ruby>終<rt>お</rt></ruby>わりましたか。

B：いいえ、**まだ**　<ruby>終<rt>お</rt></ruby>わって　**いません**。

A：第7課已經結束了嗎？

B：不，**還沒**結束。

D.「～のに」（～卻～）（文型₃—④）

　　例外：「名詞、な形容詞」的現在肯定形＋なのに

| 名詞 | ～だ |
| な形容詞 | ～だ |

　　＋　　のに

　　當前因所造成的後果不如預期，則可使用「～のに」（～卻～），這個用法包含了對於結果的不滿、意外等強烈的感情。

例

この　レストランは　<ruby>有名<rt>ゆうめい</rt></ruby>な**のに**、あまり　おいしく　ありませんでした。

這間餐廳很有名，**卻**不太好吃。

<ruby>今日<rt>きょう</rt></ruby>は　<ruby>日曜日<rt>にちよう び</rt></ruby>な**のに**、<ruby>会社<rt>かいしゃ</rt></ruby>へ　<ruby>行<rt>い</rt></ruby>かなければ　なりません。

今天是星期日，**卻**必須去公司。

<ruby>台風<rt>たいふう</rt></ruby>が　<ruby>来<rt>き</rt></ruby>て　いる**のに**、みんな　<ruby>遊<rt>あそ</rt></ruby>びに　<ruby>出<rt>で</rt></ruby>かけます。

颱風來了，大家**卻**都出去玩。

E.「〜て ほしい」（希望〜）（文型3—⑤）

（動詞て形）＋ほしい

用於希望別人做某種行為時。如果是第三人稱，人物的助詞用「に」，「人に〜てほしい」。

例

早く 元気に なって ほしいです。

希望早點康復。

少し 静かに して ほしいです。

希望稍微安靜一點。

今日の パーティには、是非 陳さんに 来て ほしいです。

今天的派對，請陳小姐務必前來。

＊注意：「〜てほしい」和「名詞＋がほしい」相同，在肯定句的狀況下，主語絕對都是「わたし」（我）。

F. 終助詞「〜なあ」（〜啊）

以「普通形＋なあ」的方式來表現驚訝、佩服等強烈的感情。自言自語時也能使用。女性比男性更常使用這個表現。

例

おいしいなあ。

好好吃啊。

疲れたなあ。

好疲倦啊。

早く 彼に 会いたいなあ。

好想快點見到他啊。

— 178 —

生詞 4 MP3-76

1 そろそろ ① 副　　　　　　　　　　　　　　　慢慢地、徐徐地、就要、不久

2 こんな ⓪　　　　　　　　　　　　　　　　　這樣的

3 おじゃまします ⑤ 動　　　　　　　　　　　　打擾了

4 きを　つけて　　　　　気を　つけて　　　　　小心

5 しかたが　ありません　　　仕方（が）　ありません　沒辦法

6 それじゃ ⓪　　　　　　　　　　　　　　　　　那麼

7 なにも　おかまい　できませんでしたが

　　　　　　　　　何も　お構い　できませんでしたが

　　　　　　　　　　　　　　　　　　　　　招待不周

文型 4　　　　　　　　　　　　　　　　　　　　　 MP3-77

1 まだ　いいじゃ　ありませんか。　　　1 不是還可以嗎？

A：あら、もう　こんな　時間（じかん）ですね。そろそろ　失礼（しつれい）します。

B：まだ　いいじゃ　ありませんか。

A：でも、明日（あした）　日本語（にほんご）の　会話（かいわ）の　試験（しけん）が　あるので。

B：そうですか。それじゃ、仕方（しかた）　ありませんね。

A：今日（きょう）は　楽（たの）しかったです。ありがとう　ございました。

B：いいえ、じゃ、また　今度（こんど）　遊（あそ）びに　来（き）て　くださいね。
　　何（なに）も　お構（かま）い　できませんでしたが。

A：いいえ。それでは、お邪魔（じゃま）しました。

B：気（き）を　つけて、帰（かえ）って　くださいね。

A：唉呀，已經這個時間了啊！差不多該告辭了。

B：不是還好嗎？

A：可是，因為明天有日語會話的考試。

B：這樣啊。這樣的話，就沒辦法了呢。

A：今天很開心。謝謝您。

B：不會，那麼，下次一定要再來玩喔。
　　招待不周。

A：不會。那麼，打擾了。

B：路上小心喔。

A：もう　こんな　時間ですね。

　　そろそろ　失礼します。

B：まだ　①いいじゃ　ありませんか。

A：でも、②明日　日本語の　会話の　試験が

　　あるので。

B：そうですか。それじゃ、

　　仕方　ありませんね。

A：已經這個時間了啊！

　　差不多該告辭了。

B：不是還①好嗎？

A：可是，因為②明天有日語

　　會話的考試。

B：這樣啊。這樣的話，

　　就沒辦法了呢。

例 ①いいです

　②明日日本語の会話の試験があります

❶ ①大丈夫です

　②これからまだ寄る所があります

❷ ①早いです

　②子供を迎えに行きます

❸ ①時間があります

　②晩御飯の準備をします

❹ ①そんなに遅くありません

　②電車がなくなります

❺ ①帰らなくてもいいです

　②明日の朝、早いです

例　①好 ②明天有日語會話的考試

1. ①沒關係 ②之後還有要去的地方　　2. ①早 ②要去接小孩

3. ①有時間 ②要準備晚飯　　4. ①沒有那麼晚 ②會沒有電車

5. ①不回去也可以 ②明天早上，要很早

🔘 練習2 套進去說說看！

A：今日は　①楽しかったです。　　　　　　　A：今天①很開心。謝謝您。

　　ありがとう　ございました。

B：いいえ、何も　お構い　できませんでしたが、ま B：不會，招待不周，

　　た　今度　②遊びに　来て　くださいね。　　　　　下次請再來②玩喔！

A：はい。それでは、お邪魔しました。　　　　A：好。那麼，打擾了。

B：気を　つけて、帰って　くださいね。　　　B：路上小心喔。

例 ①楽しいです

　　②遊びます

❶ ①おいしいです　　　　　　　　**❷** ①助かります

　　②食べます　　　　　　　　　　　　②いろいろ聞きます

❸ ①うれしいです　　　　　　　　**❹** ①お世話になります

　　②会います　　　　　　　　　　　　②相談します

❺ ①勉強になります

　　②習います

例　①很開心 ②玩

1. ①很好吃 ②吃　　2. ①得到幫助 ②多多發問　3. ①很高興 ②見面

4. ①受到關照 ②商量　5. ①學到一課 ②學習

🎬 文型說明

A.「～じゃ　ありませんか。」（不是～嗎？）（文型4－①）

用於保守地説明意見時。雖然是否定的形式，不過沒有否定的含意。

名詞
動詞
い形容詞
な形容詞
的普通形　＋　じゃありませんか

例/

今日は　家で　ゆっくり　休んだ　ほうが　いいん**じゃ　ありませんか**。

今天在家裡休息不是比較好嗎？

そんなに　急がなくても、まだ　時間が　ある**じゃ　ありませんか**。

不需要那麼急，不是還有時間嗎？

例外：當「名詞、な形容詞」的現在肯定形＋じゃありませんか時：

名詞　　　～だ
な形容詞　～だ　　＋　じゃありませんか

例/

明日は　休み**じゃ　ありませんか**。ゆっくり　して　いって　ください。

明天不就是休息日嗎？請好好放鬆一下。

この　場所は　安全**じゃ　ありませんか**。安心しました。

這個地方不就很安全嗎？我放心了。

Part 1 會話

❁問題1 請自行替換畫底線的部分，做角色扮演吧。

（玄関で）

陳　　　　　：ごめんください。

真由美の姉：はい、どなたですか。

陳　　　　　：真由美さんの　クラスメートの　陳です。

真由美の姉：（ドアを開ける）あら、シンホエさん、

　　　　　　　いらっしゃい。しばらくですね。

陳　　　　　：はい、お久しぶりです。

　　　　　　　あのう、真由美さん、いますか。

真由美の姉：ええ、いますよ。どうぞ、お上がりください。

陳　　　　　：はい、＊お邪魔します。

（在玄關）

陳　　　　　　：請問有人在嗎？

真由美的姐姐：有，請問是哪位？

陳　　　　　　：我是真由美的同班同學，敝姓陳。

真由美的姐姐：（開門）唉呀，信輝，歡迎。好久不見呢。

陳　　　　　　：是的，好久不見。那個，真由美，在嗎？

真由美的姐姐：嗯，在喔。請進。

陳　　　　　　：好的，打擾了。

．．．．．．．．．．．．．．．．．．．

（居間に入る）

真由美の姉：こちらへ　どうぞ。

陳　　　　：＊＊失礼します。あれ？ご両親は　お出かけですか。

真由美の姉：いいえ、父は　向こうの　部屋で　昼寝を　して　いて、母は
　　　　　　二階で　韓ドラを　見て　いますよ。

陳　　　　：そうですか。

（進客廳）

真由美的姐姐：這邊請。

陳　　　　　：打擾了。咦？令尊令堂出去了嗎？

真由美的姐姐：沒有，父親在對面房間睡覺，母親在2樓看韓國連續劇喔。

陳　　　　　：這樣啊。

···················

（別れ際）

陳　　　　：あら、もう　こんな　時間ですね。
　　　　　　明日　日本語の　会話の　試験が　あるので、
　　　　　　そろそろ　失礼します。

真由美の姉：そうですか。それじゃ、仕方　ありませんね。
　　　　　　また　今度　遊びに　来て　くださいね。

陳　　　　：はい、＊＊ありがとう　ございます。
　　　　　　今日は　とても　楽しかったです。それでは、
　　　　　　＊＊お邪魔しました。

真由美の姉：気を　つけて。

陳　　　　：はい、では、また。

（道別時）

陳　　　　　：唉呀，已經這個時間了啊！因為明天有日語會話的考試，差不多要告辭了。

真由美的姐姐：這樣啊？這麼，就沒辦法了呢。下次請再來玩喔！

陳　　　　　：好的，謝謝您。今天非常開心。那麼，打擾了。

真由美的姐姐：小心。

陳　　　　　：好，那麼，再見。

＊説這些話的同時，要輕輕地點頭，在門口脫鞋子，將鞋尖朝外並整齊地放好。

＊＊説這些話的同時，要輕輕地點頭。

🎬 問題2 家族介紹

用學習過的文法，跟同學介紹自己的家人（或朋友）吧。

＊準備照片。

＊在多人的班上，也可以使用PPT投影照片來介紹。

例 1. これは　わたしの　父です。
　　　父は　７5歳なので、もう　働いて　いません。
　　　父は　厳しい　人です。
　　　ゴルフが　好きなので、
　　　一週間に　3、4回　ゴルフを　して　います。

這是我的父親。

由於我的父親75歲了，已經沒有在工作。

父親是嚴格的人。

因為喜歡高爾夫球，

所以每週打高爾夫球3、4次。

2. これは　わたしの　母です。

　　母は　小学校で　英語を　教えて　います。

　　今　ダイエットを　して　いるので、

　　毎日　ジョギングしたり、

　　プールで　泳いだり　して　います。

這是我的母親。

母親在小學教英語。

因為現在正在減肥，所以每天跑步或在游泳池游泳。

3. これは　わたしの　弟です。

　　弟も　この　大学で　勉強して　います。

　　ワンピースとか　Narutoとか

　　日本の　アニメが　大好きなので、

　　いつも　よく　見て　います。

　　弟は　わたしより　日本語が　上手だと　思います。

這是我的弟弟。

弟弟也是在這間大學唸書。

因為非常喜歡海賊王或火影忍者等日本動畫，

所以總是在看。

我認為弟弟日語比我厲害。

⊛問題3 請試著用日語回答問題，並練習對話。

❶今 家族は 何を して いますか。 你的家人現在正在做什麼呢？

_____

❷ご両親って、どんな 方ですか。 您的父母親是怎麼樣的人呢？

_____

❸コーヒーでも いかがですか。 要不要來杯咖啡呢？

_____

❹もう お昼 ご飯を 食べましたか。 已經吃過午餐了嗎？

_____

❺この 教科書は、簡単じゃ ありませんか。 這本教科書，不是很簡單嗎？

_____

Part 2 聽力

🎞 生詞　MP3-79

1 おもちかえり 0 名	お持ち帰り	外帶
2 かいけい 0 名	会計	會計
3 かいけいし 3 名	会計士	會計師
4 こうかん 0 名	交換	交換
5 ぼうえきがいしゃ 5 名	貿易会社	貿易公司
6 セット 1 名	set（英語）	套餐
7 テイクアウト 4 名	takeout（英語）	外帶
8 ドリンク 2 名	drink（英語）	飲料
9 がっかり 3 副		失望、灰心
10 やっぱり 3 副		果然

🎞 問題 I　MP3-80

請先聽對話內容，再從聽到的選項中選出一個正確的答案。

❶ ＿＿＿＿＿＿＿＿　　❷ ＿＿＿＿＿＿＿＿　　❸ ＿＿＿＿＿＿＿＿

請先聽題目，再聽內容敘述，正確的內容請打〇，錯誤的內容請打✗。

❶ _____　　❷ _____　　❸ _____　　❹ _____

自己打分數

✓ 在拜訪日本人的家時，會使用必要的招呼用語。

（初次見面的寒暄、與朋友家人見面時的寒暄、道別時的寒暄）

✓ 能介紹自己的家人和朋友。

☆☆☆☆☆（一顆星20分，滿分100分，請自行塗滿。）

延伸學習

Ⅰ. 拜訪時的表現　▶ MP3-82

在玄關外面

客人 ごめんください。 請問有人在嗎？

客人 すみません。 抱歉。

在玄關

客人 主人 ご無沙汰していました。 好久不見。

客人 主人 お久しぶりです。 好久不見。

主人 いらっしゃい（ませ）。 歡迎。

主人 ようこそ。 歡迎。

主人 お待ちしていました。 一直恭候您的光臨。

主人 どうぞお上がりください。 請進。

主人 どうぞお入りください。 請進。

客人 失礼します。 打擾了。

客人 お邪魔します。 打擾了。

在家中

主人 どうぞお座りください。 請坐。

主人 どうぞお掛けください。 請坐。

客人 これ、つまらないものですが、どうぞ。 這個，不成敬意，請。

客人 これ、皆さんでどうぞ。 這個，大家，請用。

主人 ～はいかがですか。   ～如何？

主人 ～でもいかがですか。   要不要～？

客人 どうぞお構いなく。   您別忙了。

客人 すみません、いただきます。   不好意思，我開動了。

客人 お願いします。   拜託你了。

傳達要回去意思的話

客人 もうこんな時間ですね。   已經這個時間了啊。

客人 そろそろ失礼します。   差不多要告辭了。

要道別時

客人 今日は楽しかったです。   今天很開心。

客人 ありがとうございました。   謝謝您。

主人 また今度遊びに来てくださいね。   下次請再來玩喔。

主人 また近いうちに会いましょうね。   改天再見喔。

主人 何もお構いもできませんでしたが。   招待不周。

客人 お邪魔しました。   打擾了。

客人 では、失礼します。   那麼，告辭了。

主人 気をつけて。   小心。

主人 気をつけてお帰りくださいね。   路上請小心。

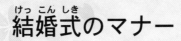

結婚式のマナー

婚禮的禮儀

　　台灣和日本的婚禮，在禮儀上有很多不同。例如：台灣的禮金袋是紅色的，在日本則是白色的；服裝方面，在台灣參加婚禮可以穿得較隨性，但在日本則要求較正式，男生一般會穿黑西裝、繫白領帶，女生則穿禮服或正式服裝，搭配優美的髮型。另外還有其他需注意的日本婚禮禮儀如下：

I. 喜帖的回信

①如收到喜帖，不管是好友或親戚，皆須回信。

②表（正面）：把「～行」或「～宛」用兩條線劃掉，改成「様」。表自謙及尊重對方。

③裏（背面）：如欲出席，則把「御出席」、「御住所」的「御」（敬語）和「御芳名」的「御芳」畫上兩條線、「出席」的地方畫圈。如不巧必須缺席，則禮貌上應寫下缺席的具體理由及賀詞。

出席（表）

```
切手   000-000

山 田 太 郎 様 行

○県○○市○○○町○○丁目○○番地
```

出席（裏）

```
おめでとうございます。

御出席（○）
御欠席   させていただきます。

どちらか○で囲みください。

御住所   ○○県○○市○○○町○○丁目○○番地

御芳名   田中　花子
```

2. 祝賀禮金

①一般使用現金，放入白色祝福袋，金額不同，使用不同等級的袋子，多於5萬元的話，用的祝福袋較高級。

約1萬～2萬日圓　　約2萬～3萬日圓　　約5萬日圓

②使用新鈔。

③在台灣，祝賀時的禮金金額必須是偶數。但在日本，偶數有「分開」之意，故會避免使用。如須送偶數禮金，則要用奇數的鈔票數量來贈送，以免失禮。

④鈔票數量避開4和9。因4與「死」（し）諧音，9和「苦」（く）諧音。

3. 致詞

①長度約2分鐘。

②「別<ruby>わか</ruby>れる」（分開）、「切<ruby>き</ruby>れる」（切斷）、「離<ruby>はな</ruby>れる」（離別）、「帰<ruby>かえ</ruby>る」（回去）、「冷<ruby>さ</ruby>める」（冷卻）、「流<ruby>なが</ruby>れる」（流走）、「戻<ruby>もど</ruby>る」（回去）等單字，和離婚與再婚相關聯，故為禁忌用詞。另外，「いろいろ」（許多）、「たびたび」（再三）、「ますます」（更加）等詞語，因為是重複語，和「再婚<ruby>さいこん</ruby>」（再婚）、「再縁<ruby>さいえん</ruby>」（再婚）會互相聯想，應注意使用。

規則・習慣
規則、習慣

你能就新環境的
禮儀及習慣
進行會話嗎？

學習目標

① 可以談論日本及自己國家的習慣或禮儀。

② 在新的環境中能和認識的人順利對話。

生詞 I

 MP3-83

1 いちど ⓪ 名	一度	一次
2 えんりょ ⓪ 名	遠慮	客氣
3 おてあらい ③ 名	お手洗い	洗手間
4 きもの ③ 名	着物	和服
5 こと ② 名	事	事情
6 こんかい ① 名	今回	這次
7 ごみばこ ⓪ 名	ごみ箱	垃圾桶
8 なっとう ③ 名	納豆	納豆
9 はじめて ② 名	初めて	初次
10 ひとりぐらし ④ 名	一人暮らし	獨居
11 ぶんかさい ③ 名	文化祭	園遊會
12 まえ ① 名	前	之前
13 むかし ⓪ 名	昔	以前
14 トイレ ① 名	toilet（英語）	廁所
15 トイレットペーパー ⑥ 名	toilet paper（英語）	廁紙
16 スリッパ ② 名	slipper（英語）	拖鞋
17 プレゼンテーション ⑤ 名	presentation（英語）	發表
18 かります ③ 動	借ります	借出
19 ききます ③ 動	聞きます	聽、問
20 きめます ③ 動	決めます	決定
21 こまります ④ 動	困ります	困擾

㉒ しまいます	4 動		收、收拾
㉓ そうだんします	5 動	相談します	商量、請教
㉔ しはらいます	5 動	支払います	支付
㉕ すてます	3 動	捨てます	丟棄
㉖ つきあいます	5 動	付き合います	陪同、交往
㉗ （ひを）とおします	4 動	（火を）通します	加熱、煮熟
㉘ とまります	4 動	泊まります	住宿
㉙ ながします	4 動	流します	沖走
㉚ はきます	3 動	履く	穿
㉛ はきかえます	5 動	履き替えます	換上、改穿
㉜ はなしあいます	6 動	話し合います	商談
㉝ もちこみます	5 動	持ち込みます	帶入
㉞ もらいます	4 動		收下
㉟ よります	3 動	寄ります	靠近、順便去～
㊱ れんらくします	5 動	連絡します	聯絡
㊲ いつでも	1 副		隨時
㊳ かってに	0 副	勝手に	擅自
㊴ さきに	0 副	先に	事先
㊵ さっそく	0 副		立刻
㊶ すぐ	1 副		立刻
㊷ そのまま	0 副		就那樣
㊸ なんでも	1 副	何でも	不論什麼
㊹ まだ	1 副		還、仍
㊺ ～ちゅう	1 接尾	～中	～的途中

第 **5** 課

🎬 文型 I

▶ MP3-84

① 日本へ 行った ことが あります。　　① 有去過日本。

② 寿司を 食べるのは 初めてです。　　② 第一次吃壽司。

③ トイレを 使っても いいですか。　　③ 可以使用廁所嗎？

④ ここで タバコを 吸わないで ください。　　④ 請勿在此吸菸。

⑤ 今日は 休みなんですね。　　⑤ 今天放假耶。

🎬 暖身一下A 轉換動詞的型態

請分辨下列動詞各屬於第幾類，並轉換成「辭書形」及「否定形」。

動詞	第～類	辭書形	否定形
例 書きます	1	かく	かかない
① 泊まります			
② 穿きます			
③ 相談します			
④ もらいます			
⑤ 流します			
⑥ 決めます			
⑦ しまいます			
⑧ 話し合います			
⑨ 借ります			
⑩ 来ます			

🎞暖身一下B 轉換各種詞性的型態

請將下列動詞、名詞、い形容詞、な形容詞，轉換為「常體」4種不同的型態。

各種詞性的丁寧體 （禮貌體）	現在肯定形	現在否定形	過去肯定形	過去否定形
例 書きます	かく	かかない	かいた	かかなかった
❶ 困ります				
❷ 支払います				
❸ 連絡します				
❹ 来ます				
❺ 調べます				
❻ 買います				
❼ おいしいです				
❽ いいです				
❾ 有名です				
❿ 病気です				

（日本人の家）

A：陳さん、日本は　今回が　初めてですか。

陳：いいえ、前に　家族と　一緒に　来た　ことが　あります。

A：へー、そうですか。

陳：でも、日本人の　家に　泊まるのは　初めてです。

A：何か　困った　ことが　あったら　遠慮しないで　言って
　　くださいね。

陳：はい、ありがとう　ございます。これから　お世話に
　　なります。あのう、さっそくですが、お手洗い、借りても
　　いいですか。

A：ええ、どうぞ。あっ、そうだ。トイレットペーパーは
　　ごみ箱に　捨てないで　くださいね。便器に　捨てて、
　　水で　流して　ください。

陳：へー、日本では　水で　流しても　いいんですね。

（日本人的住宅）

A：陳小姐，是第一次來日本嗎？

陳：不是，之前有跟家人一起來過。

A：咦，這樣啊。

陳：但是，住在日本人家裡是第一次喔。

A：如果有什麼困擾的事情，請別客氣告訴我喔。

陳：好的，謝謝。接下來要請您照顧了。那個，雖然有點唐突，方便借一下洗手間嗎？

A：好的，請。啊，對了。廁紙請不要丟進垃圾桶裡喔。直接丟到馬桶，用水沖掉就可以了。

陳：咦，日本用水沖掉就可以了啊。

🎞 練習I 套進去說說看！

A：①<u>日本</u>は　初めてですか。

B：いいえ、②<u>前に　家族と　一緒に　来た</u>　ことが　ありますよ。

A：そうですか。

A：①<u>日本</u>，是第一次（來）嗎？

B：不是，②<u>之前有跟家人一起來過</u>。

A：這樣啊。

例 ①日本
②前に家族と一緒に来ました

❶ ①納豆
②日本人の友達の家で食べました

❷ ①温泉
②台湾で温泉に入りました

❸ ①新幹線
②昔一度乗りました

❹ ①着物
②大学の文化祭で着ました

❺ ①スキー
②韓国でしました

例　①日本 ②之前跟家人一起來了

1.①納豆 ②在日本朋友的家中吃了　2.①溫泉 ②在台灣泡溫泉

3.①新幹線 ②以前搭乘一次　4.①和服 ②在大學的園遊會中穿了

5.①滑雪 ②在韓國滑了

A：①日本人の　家に　泊まるのは　初めてなんです。

B：そうですか。何か　困った　ことが　あったら
　　②遠慮しないで　言って　くださいね。

A：はい、ありがとう　ございます。

A：①住在日本人家裡，是第一次喔。

B：這樣啊。如果有什麼困擾的事情，請②別客氣告訴我喔。

A：好的，謝謝您。

例 ①日本人の家に泊まります
　　②遠慮しないで言います

❶ ①一人で旅行します
　　②すぐに連絡します

❷ ①日本語でプレゼンテーションします
　　②いつでも聞きます

❸ ①一人暮らしをします
　　②何でも言います

❹ ①バスに乗ります
　　②携帯に電話をかけます

❺ ①男の人と付き合います
　　②相談します

例　①住在日本人家裡 ②別客氣說出來

1. ①一個人旅行 ②立刻聯絡　　　2. ①用日語發表 ②隨時詢問

3. ①一個人生活 ②不論什麼都説出來　4. ①搭公車 ②打到手機

5. ①跟男生交往 ②商量

練習3 對話練習

> A：すみませんが、お手洗いを　借りても　いいですか。
>
> A：不好意思，可以借一下洗手間嗎？

①B：ええ、どうぞ。

　　B：好的，請。

②B：すみませんが、ちょっと……。

　　B：不好意思，有點……。

例 お手洗いを借ります→①

❶ 先に帰ります→①

❷ そのコンピューターを使います→②

❸ この紙をもらいます→②

❹ コンビニに寄ります→①

❺ カードで支払います→②

例　借一下洗手間→①

1. 先回家→①　　　　　2. 使用那台電腦→②　　3. 拿這張紙→②

4. 順便去便利商店→①　5. 用信用卡支付→②

第5課

A：①<u>トイレットペーパー</u>は　ごみ箱に　捨てないで　くださいね。
　　②<u>トイレに　捨てて</u>、水で　流して　ください。
B：はい、分かりました。

A：請不要①<u>把廁紙丟進垃圾桶</u>喔。請②<u>丟進馬桶裡，用水沖掉</u>。
B：好的，我知道了。

例 ①トイレットペーパーはごみ箱に捨てます
　　②トイレに捨てて、水で流す

❶①こちらではくつを履きます
　②あちらでスリッパに履き替えます

❷①食べ物や飲み物は中に持ち込みます
　②ここに置きます

❸①まだ食べます
　②よく火を通してから、食べます

❹①授業中携帯は使います
　②かばんにしまいます

❺①一人で勝手に決めます
　②先にみんなで話し合います

例　①把廁紙丟進垃圾桶 ②丟進馬桶裡，用水沖掉

1. ①在這裡穿鞋 ②在那裡換拖鞋
2. ①帶食物或飲料進入裡面 ②放在這裡
3. ①還要吃 ②好好熱熟再吃
4. ①在課堂中使用手機 ②收在包包裡
5. ①自己擅自決定 ②事先跟大家討論

⦿ 練習5 套進去說說看！

A：トイレットペーパーは　便器に　捨てて、水で　流して　ください。

B：分かりました。トイレットペーパーは　便器に　捨てて、
　　水で　流すんですね。

A：請把廁紙丟進馬桶，用水沖掉。

B：我知道了。把廁紙丟進馬桶，用水沖掉對吧。

⦿例 トイレットペーパーは便器に捨てて、水で流します

❶ エスカレーターは左側に立ちます

❷ ここで先にチケットを買います

❸ 明日までに提出します

❹ 着いたら、すぐ連絡します

❺ トイレではこのスリッパに履き換えます

例　把廁紙丟進馬桶，用水沖掉

1. 靠電扶梯左側站立　　2. 先在這裡買票　　　　3. 在明天之前提交

4. 到達後馬上聯絡　　　5. 在廁所換上這雙拖鞋

🌼 文型說明

A.「～た　ことが　あります。」（曾經～）（文型1－①）

動詞た形＋ことがあります

　　此文法表達的是「以前有過的經驗」。

例/

富士山に　登った　ことが　あります。

曾爬過富士山。

相撲を　見た　ことが　あります。

曾看過相撲。

＊注意1：只用來表示比較少見的經驗，不可使用在理所當然的事情上。

　　　　例：×テレビを　見た　ことが　あります。　曾看過電視。

　　　　　　→○テレビを　見ました。看了電視。

　　　　　　○A歌手を　見た　ことが　あります。　曾看過A歌手。

＊注意2：被進行的動作，必須經過一段時間。

　　　　例：×先週　富士山に　登った　ことが　あります。　上禮拜爬過富士山。

　　　　　　→○先週　富士山に　登りました。上禮拜爬了富士山。

　　　　　　○3年前に　富士山に　登った　ことが　あります。　3年前爬過富士山。

B. 名詞化：「～のは～です」（文型1－②）

　　「（動詞普通形）＋の」，是將動詞「名詞化」的文型。

例/

温泉に　入ります　＋　それは　初めてです。

→温泉に　入る　＋　の　＋　は　初めてです。
　　普通形

＝温泉に　入る　のは　初めてです。　第一次泡溫泉。

＊注意1：「の」在名詞化的使用上，不光只能用在動詞，い形容詞、な形容詞、名詞也都可
以使用，這裡暫不深入討論。

＊注意2：本課（4）會學習到的「こと」，也可用來將動詞轉為名詞。變化時，直接將「の」
換成「こと」即可。雖然這邊暫且不提，但「の」跟「こと」都有無法轉換的動詞，
在使用此文型的時候請多注意一下。

c.「～ても　いいですか。」（可以～嗎？）（文型 I－③）

動詞て形＋も……ですか

説話者對自己想做的事情，詢問他人是否同意、徵求對方許可的表現。

例

もう　帰っても　いいですか。　已經可以回家了嗎？

これを　使っても　いいですか。　可以使用這個嗎？

D.「（ない形）ないで　ください。」（請不要～）（文型 I－④）

動詞ない形＋でください

此句型是用來拜託別人不要做某行為。一般常用在叮嚀、法律、規則、禮儀上所
禁止的項目。

例

ここに　車を　止めないで　ください。　請不要在這裡停車。

ここに　入らないで　ください。　請不要進入這裡。

＊注意：此文型是為了禁止某事，説出這話時，有時候會給人較強烈的印象，所以請小心使
用。若是主觀希望阻止他人做某事，或想以較柔和的方式來表現，使用「すみませ
ん、ちょっと……」（不好意思，有點……）來表達會比較好。

＊「ない形」的説明請參考 P.244。

E.「～んですね」（確認）（文型I－⑤）

名詞
動詞
い形容詞
な形容詞
的普通形　＋　んですね

表達確認或確認行為方式的語氣。

例／ 動詞、い形容詞的時候，用「（普通形）んですね」

A：今日の　試験は　明日に　変わりました。

B：じゃ、今日　試験は　ないんですね。

A：今天的考試改到明天了。

B：那今天就沒有考試了**啊**。

A：先生、すみません。もう　これ以上できません。

B：分かりました。もう　これで　いいんですね。

A：老師，對不起。我再也做不下去了。

B：我知道了，那就這樣**吧**。

＊「普通形」的説明請參考P.245。

＊注意1：當「な形容詞」和「名詞」的現在肯定形後面要接續「んです」的時候，會變成
「な形容詞＋な」、「名詞＋な」。

　　　×　「～だんです」　→　○　「～なんです」

例：名詞、な形容詞的時候，用「（名詞／な形容詞）なんです」

今日は、休み**なんです**ね。 今天放假**耶**。

陳さんの　おじいさん、まだ　元気**なんです**ね。良かった。

陳先生的爺爺還那麼健康**啊**。太好了。

＊注意2：書面用語會以「のです」呈現。

　　　　例：今日は、休みなのですね。　今天放假耶。

F.「遠慮しないで〜て　くださいね。」（請別客氣〜喔。）

遠慮しないで＋（動詞て形）くださいね。

此文型表示「請別客氣〜喔」，是相當常用的文型。

例／

遠慮しないで　言って　くださいね。　請別客氣説出來喔。

遠慮しないで　何でも　聞いて　くださいね。　請別客氣，什麼都可以問喔。

遠慮しないで　話して　くださいね。　請別客氣聊聊喔。

遠慮しないで　相談して　くださいね。　請別客氣跟我商量喔。

遠慮しないで　質問して　くださいね。　請別客氣提出問題喔。

遠慮しないで　たくさん　食べて　くださいね。　請別客氣多吃點喔。

G.「あっ、そうだ。」（啊，對了。）

要説出腦中突然閃過的事，會在開頭加上「あっ、そうだ。」（啊，對了）。

例／

A：今日は　疲れましたね。

B：本当ですね。

A：あっ、そうだ。今　何時ですか。9時から　大好きな　ドラマが　あるんです。

B：そうなんですか。もう　8時半ですよ。

A：今天好累呢。

B：真的耶。

A：啊，對了。現在幾點了？9點開始有我最喜歡的連續劇。

B：原來是這樣啊。已經8點半了喔。

第5課（2）

🎴 生詞 2　　　　　　　　　　　　　▶ MP3-86

① おしゃべり 2 名		聊天
② ところ 3 名	所	地方
③ しりょう 1 名	資料	資料
④ けいけん 0 名	経験	經驗
⑤ のみかい 0 名	飲み会	喝酒的聚會
⑥ コンパ 1 名	company（英語）	聯誼
⑦ とき 1 名	時	時候
⑧ さんか 0 名	参加	參加
⑨ ちがいます 4 動	違います	不同
⑩ かわります 4 動	変わります	改變
⑪ おもいます 1 動	思います	認為、想
⑫ だします 3 動	出します	交出
⑬ もちこみます 5 動	持ち込みます	帶入、拿進
⑭ ダメ 2 な形		不行
⑮ なんだか 1 副	何だか	不知為何、總覺得
⑯ ばかり 1 副		僅、只
⑰ あんまり 0 副		不太（「あまり」的口語）
⑱ むりに 1 副	無理に	勉強
⑲ とりあえず 3 副		首先、暫且
⑳ 〜じゅう 接尾	〜中	〜中、〜期間

❶ コーヒーを 飲みながら、仕事を します。
❷ ここで タバコを 吸っては いけません。
❸ 明日 来なくても いいです。
❹ 宿題を 出さなければ なりません。
❺ 週末は 宿題を したり、友達と 出かけた りします。
❻ 唐揚げとか 天ぷらとか 油っぽい ものが 好きです。
❼ 先生と 話し合ったら いいんじゃ ないで すか。

❶ 邊喝咖啡邊工作。
❷ 這邊不能抽菸。
❸ 明天不來也沒關係。
❹ 非交作業不可。
❺ 週末我會做作業，
   或是和朋友出去。
❻ 我喜歡炸雞、天婦羅這類 油膩的東西。
❼ 不是可以和老師討論一下嗎？

第5課

🎬 **情境會話 2** ▶ MP3-88

（学校で）
A：何だか 緊張します。
B：先生も クラスメートも 皆さん いい人 ばかりですから、 心配しなくても いいですよ。
A：ええ……。
B：とりあえず 時間まで お茶でも 飲みながら おしゃべり しませんか。
A：そうですね。
（喫茶店で）
A：日本と 台湾の 学校で 何か 違う ところって ありますか。
B：んー、あんまり 変わらないと 思いますが……。あっ、

日本では　授業中に　物を　食べたり　飲んだり　しては
いけませんよ。

A：そうなんですか。飲み物も　ダメなんですか。

B：あんまり　授業中に　飲み物を　持ち込んで　いる　人は
見ませんね。

A：へえー。

B：あと、日本の　大学生は　飲み会とか　合コンとか　よく
して　いますよ。無理に　参加は　しなくても　いいですが、
一度　経験して　みたら　いいんじゃ　ないですか。

A：そうですね。あっ、そうだ。すみません、
ちょっと　事務所へ　行きたいんですが……。
今日中に　この　資料を　出さなければ　ならないんです。

B：いいですよ。じゃ、一緒に　行きましょう。

（學校內）

A：不知為何很緊張。

B：因為老師跟班上同學大家都是好人，所以不用擔心也沒關係喔。

A：嗯。

B：暫且，在時間到之前，要不要一邊喝個茶、一邊聊聊天呢？

A：好啊。

（咖啡店內）

A：日本跟台灣的學校有什麼不同的地方嗎？

B：嗯……。我是認為沒有什麼差異……。啊，在日本上課的時候不能飲食喔。

A：原來是這樣啊。飲料也不行嗎？

B：帶著飲料去上課的人並不太常見呢。

A：咦。

B：然後，日本的大學生很常舉辦喝酒的聚會或聯誼喔。
是不用勉強參加，但體驗一次看看也不錯不是嗎？

A：是啊。啊，對了。
不好意思，我想去一下辦公室……。
今天內必須把這份資料交出去。

B：好喔。那麼，一起去吧。

練習I 套進去說說看！

A：①みんな　いい人　ばかりですから、②心配しなくても　いいですよ。
　　とりあえず　③お茶でも　飲みながら　④おしゃべりしませんか。
B：ええ、そうですね。

A：因為①大家都是好人，所以不用②擔心也沒關係喔。
　　暫且，要不要一邊③喝個茶、一邊④聊聊天呢？
B：嗯，好啊。

例 ①みんないい人ばかりです
　　②心配します
　　③お茶でも飲みます
　　④おしゃべりします

❶ ①まだ時間はあります
　　②急ぎます
　　③テレビでもみます
　　④朝ご飯を食べます

❷ ①宿題は明日までです
　　②今日出します
　　③これから相談でもします
　　④一緒にします

❸ ①大丈夫です
　　②連絡します
　　③様子でも見ます
　　④ゆっくり考えます

❹ ①すぐ来ます
　　②そんなに怒ります
　　③ゲームをします
　　④待ちます

❺ ①時間に間に合いません
　　②今ここで説明します
　　③歩きます
　　④話します

例　①大家都是好人 ②擔心 ③喝個茶 ④聊聊天

1.①還有時間 ②著急 ③看個電視 ④吃早餐

2.①作業到明天截止 ②今天交出去 ③之後商量 ④一起做

3.①沒問題 ②聯絡 ③看看狀況 ④好好考慮

4.①馬上來 ②如此地生氣 ③玩遊戲 ④等待

5.①時間來不及 ②現在在這邊說明 ③走 ④説

🎬 練習2 套進去說說看！

A：①日本の　学校と　台湾の　学校で　何か　違う　ところって　あります
　　か。

B：あまり　変わらないと　思いますが、
　　②授業中　何か　食べたり　飲んだり　しては　いけませんよ。

A：そうなんですか。

A：①日本的學校和台灣的學校有什麼不同的地方嗎？

B：我是認為沒有什麼差異，但不能②在上課的時候飲食喔。

A：原來是這樣啊。

例　①日本の学校と台湾の学校　②授業中何か食べます、飲みます

❶①日本と台湾の食事のマナー　②口の中に食べ物を入れて話す、碗や皿を持たな
　　いで食べます

❷①日本と台湾の温泉のマナー　②体を洗う前に温泉に入ります、タオルを湯船の
　　中に入れます

❸①日本と台湾の結婚式　②白い服を着ます、黒いネクタイをします

❹①日本と台湾の携帯電話のマナー　②歩きながら使います、図書館や映画館などで
　　は音を出てます

❺①日本と台湾の電車の中　②大きい声で話します、走って電車に乗ります

例　①日本的學校和台灣的學校 ②在上課的時候吃東西、喝東西

1.①日本和台灣的用餐禮儀 ②嘴裡含著食物講話、不把碗或盤子拿著吃飯

2.①日本和台灣的溫泉禮儀 ②洗身體前就進入溫泉、將毛巾放進浴池

3.①日本和台灣的結婚典禮 ②穿白色的衣服、繫黑色領帶

4.①日本和台灣的手機禮儀 ②一邊走一邊使用、圖書館和電影院等地發出聲音

5.①日本和台灣的電車中 ②大聲講話、跑著上電車

🎞️ 練習3 套進去說說看！

A：あのう、①事務所（じむしょ）へ　行（い）きたいんですが……。

B：ええ、いいですよ。

A：すみません。②今日中（きょうじゅう）に　この　資料（しりょう）を　出（だ）さなければ　ならないんです。

B：そうなんですか。

A：那個，我想①去辦公室……。

B：嗯，好喔。

A：不好意思，必須②今天內交出這個資料。

B：是這樣啊。

例 ①事務所（じむしょ）へ行（い）きます
　　②今日中（きょうじゅう）にこの資料（しりょう）を出（だ）します

❶ ①買（か）い物（もの）に行（い）きます
　　②パーティーの準備（じゅんび）をします

❷ ①コンピュータを借（か）ります
　　②3時（さんじ）までにレポートを出（だ）します

❸ ①来週休（らいしゅうやす）みます
　　②実家（じっか）に戻（もど）ります

❹ ①水（みず）を買（か）います
　　②薬（くすり）を飲（の）みます

❺ ①ここで失礼（しつれい）します
　　②これから子供（こども）を迎（むか）えに行（い）きます

例　①去辦公室 ②今天內交出這個資料

1. ①去買東西 ②準備派對　　　2. ①借電腦 ②在3點前提交報告

3. ①下週休息 ②回老家　　　　4. ①買水 ②吃藥

5. ①先離開了 ②接下來去接小孩

🎞️練習4 套進去說說看！

A：①<u>コンパ</u>って、②<u>面白い</u>と　思いますか。

B：③<u>一度　経験して　みたら　いいんじゃ　ないですか。</u>

A：そうですね。

A：①聯誼，你覺得②有趣嗎？

B：③體驗一次看看也不錯不是嗎？

A：對啊。

例　①コンパ
　　②面白い
　　③一度経験してみたらいいです

❶①赤と黒
　②どちらがいい
　③赤のほうがいいです

❷①田中先生
　②どんな先生
　③やさしい先生です

❸①あの人
　②男ですか、女です
　③男です

❹①明日の旅行
　②陳さんも行きます
　③行きます

❺①先生
　②結婚しています
　③結婚していません

例　①聯誼 ②有趣 ③體驗一次看看也不錯

1. ①紅跟黑 ②哪個好 ③紅的比較好　2. ①田中先生 ②怎樣的老師 ③溫柔的老師

3. ①那個人 ②男生還是女生 ③男生　4. ①明天的旅行 ②陳同學也會去 ③會去

5. ①老師 ②結婚了 ③還沒結婚

⊛ 文型說明

A.「～ながら～」（邊～邊～）（文型2－①）

動詞ます形＋ながら

　　這個句型表示同一人在一段時間內，同時持續進行的2個動作（動作A、動作B）。
而且，動詞B是重點強調的動作，動詞A是附帶的動作。

例

音楽を　聞きながら、勉強します。　邊唸書邊聽音樂。

テレビを　見ながら、ご飯を　食べます。　邊吃飯邊看電視。

B.「～ては　いけません」（禁止～）（文型2－②）

（動詞て形）＋はいけません

　　表示禁止違反法律、規則。

例

A：すみません、ここで　飲食しても　いいですか。
B：いいえ、ここで　飲食しては　いけません。

A：不好意思，這裡可以飲食嗎？
B：不，這裡是**禁止**飲食的。

＊注意：主觀禁止對方的行為時，也可以使用「～てはいけません」，但不可對長輩或地位較
　　　　高的人使用。此時，一般會改為「すみません、ちょっと……。」（不好意思，有
　　　　點……）來委婉地表達。
　　　　例：陳：すみません、これ、使っても　いいですか。不好意思，可以使用這個嗎？
　　　　　　林：×いいえ、使っては　いけません。　不，這裡無法使用。
　　　　　　　　○**すみません、ちょっと……。**　不好意思，有點……。

C.「～なくても　いいです」（不～也沒關係）（文型2－③）

（動詞ない形）＋くてもいいです

容許不做某事，某事不是必要的意思。

例/

今日は　来なくても　いいですよ。

今天不來也沒關係喔。

住所は　書かなくても　いいです。

地址不寫也沒關係。

D.「～なければ　なりません」（不～不行）（文型2－④）

（動詞ない形）＋ければなりません

表示某個行為是義務或必要的意思。

例/

明日は　大切な　試験が　あるから、今日は　勉強しなければ　なりません。

明天有重要的考試，今天不唸書不行。

1日　3回　薬を　飲まなければ　なりません。

一天不吃3次藥不行。

＊注意：「なければなりません」與「なければいけない」的意思、使用方法都一樣。

例：今日までに、レポートを　提出しなければ　いけないんだ。

今天內，這份報告不交不行。

E.舉例、並列「～たり～たり」（～等等）（文型2－⑤）

（動詞た形）＋り、（動詞た形）＋り～

從複數的動作中，列出其中幾個動作當例子，並暗示著還有其他動作。

例

休_{やす}みの　日_ひは、友達_{ともだち}と　映画_{えいが}を　見_み**たり**、レストランで　食事_{しょくじ}を　し**たり**
します。

假日的時候，會跟朋友看看電影**啦**、在餐廳吃吃飯**啦**等等。

ここでは、タバコを　吸_すっ**たり**、お酒_{さけ}を　飲_のん**たり**　しては　いけません。

在這裡，禁止吸菸、飲酒**等等**。

＊注意：不能使用在理所當然的事情上，只能用在需要強調、單獨提出說明的事情上。

悪い例×
A：昨日_{きのう}は　何_{なに}を　しましたか。
B：ご飯_{はん}を　食_たべたり、お風呂_{ふろ}に　入_{はい}ったり　しました。

A：昨天做了什麼？
B：吃了飯、洗了澡等等。

良い例〇
A：昨日_{きのう}は　何_{なに}を　しましたか。
B：日本_{にほん}の　ドラマを　見_み**たり**、本間先生_{ほんませんせい}の　宿題_{しゅくだい}を　し**たり**　しました。

A：昨天做了什麼？
B：看了日本的連續劇、做了本間老師的功課**等等**。

F. 「～とか～とか」（～啦～啦）（文型2－⑥）

> 名詞1
> 動詞1（普通體）
> 〕とか、
> 名詞2
> 動詞2（普通體）
> 〕とか～

　「～とか～とか」是口語上的用法，文法上和「AとかB（とか）」一樣，用來列舉同種類的事物，也暗示著還有其他的事物存在。

例

名詞　会話とか　作文とか、日本語授業は　難しいです。
_{かいわ}　_{さくぶん}　_{にほんごじゅぎょう}　_{むずか}

　　會話**啦**作文**啦**，日文課還真是困難啊。

チョコレートとか、クッキーとか、甘い　ものが　大好きです。
_{あま}　_{だいす}

　　巧克力**啦**餅乾**啦**，非常喜歡甜的東西。

動詞（普通形）日本語は、話すとか、聞くとか、とても　苦手です。
_{にほんご}　_{はな}　_き　_{にがて}

　　日文呢，口說**啦**聽力**啦**，都非常不擅長。

G. 「～んじゃ　ないですか。」（～不是嗎？）

> 動詞
> い形
> な形
> 名詞
> 〕
> 普通形　　＋　　んじゃないですか。

　＊例外：な形／名詞＋現在形肯定

　　　×「～**だ**んじゃないですか」　→　○「～**な**んじゃないですか」

　表示說話者自己的見解、意見。而且，結尾的發音會上揚。

例

この　問題、とても　簡単**なんじゃ　ないですか**。
_{もんだい}　_{かんたん}

這個問題，非常簡單**不是嗎**？

お土産、お菓子より　お茶の　ほうが　いい**んじゃ　ないですか**。
_{みやげ}　_{かし}　_{ちゃ}

比起名產、點心，茶更好**不是嗎**？

H. 「とりあえず」（首先、暫且）

「とりあえず」（首先、暫且）含有「從各種選項中，暫且選出一個開始先進行」
的意思，也有「首先處理必須立刻進行的事情」的意思。

例

まだ　皆<ruby>さん<rt>みな</rt></ruby>　来<ruby>て<rt>き</rt></ruby>いませんが、**とりあえず**　先<ruby>に<rt>さき</rt></ruby>　資料<ruby>を<rt>しりょう</rt></ruby>　配<ruby>ります<rt>くば</rt></ruby>。

雖然大家還沒有全到齊，但**暫且**先發資料吧。

（居酒屋<ruby>で<rt>いざかや</rt></ruby>）**とりあえず**、ビール　お願<ruby>いします<rt>ねが</rt></ruby>。

（居酒屋中）**首先**，先來杯啤酒吧。

🎵 生詞 3　　　　　　　　　　　　　　　　　　▶ MP3-89

①	けいご 3 名	敬語	敬語
②	しどう 0 名	指導	教導
③	せわがかり 3 名	世話係	負責人
④	ぼく 1 名	僕	我（男性自稱）
⑤	エクセル 0 名	Excel（英語）	Excel（試算表軟體）
⑥	あんないします 3 動	案内（します）	介紹
⑦	おぼえます 4 動	覚えます	記得
⑧	（めいわくを）かけます 3 動	（迷惑を）かけます	造成（麻煩）
⑨	がんばります 5 動	頑張ります	努力
⑩	きたいします 5 動	期待（します）	期待
⑪	わかい 2 い形	若い	年輕的
⑫	たいせつ 0 な形	大切	重要
⑬	ひつよう 0 な形	必要	必要
⑭	ふくざつ 0 な形	複雑	複雜
⑮	めいわく 1 な形	迷惑	麻煩
⑯	うまく 1 副		順利地
⑰	たしかに 1 副	確かに	的確
⑱	なかなか（＋否定） 0		不太
⑲	まず 1 副		首先
⑳	ゆっくり 3 副		悠閒地、慢慢地
㉑	そんなこと 4		那種事

🎬 文型 3　　　▶ MP3-90

① 元気に　なります。（寒く　なります。）
② 病気に　なるかも　しれません。
③ 時々　遅れる　ことも　あります。
④ お手伝いします。
⑤ 窓を　開けましょうか。

① 變有精神了。（變冷了。）
② 説不定生病了。
③ 偶爾會遲到。
④ （我來）幫忙。
⑤ 開窗嗎？

🎬 情境會話 3　　　▶ MP3-91

（会社で）

陳　：初めまして、陳と　申します。慣れない　仕事で、
　　　ご迷惑を　おかけする　ことも　あるかも　しれませんが、
　　　ご指導　よろしく　お願いします。

太田：初めまして、太田です。こちらこそ　よろしく。
　　　僕は　陳さんの　世話係だから、何でも　聞いて。

陳　：ありがとう　ございます。あのう、わたし　敬語が
　　　あまり　うまく　使う　ことが　できないんですが……。

太田：んー、確かに、敬語は　日本人でも　なかなか　うまく
　　　使う　ことが　できないからね。でも、敬語は　大切だか
　　　ら、ゆっくりでも　いいから　覚えなければ　いけないよ。

陳　：はい。

太田：陳さんは　まだ　若いから、すぐに　上手に　なるよ。

陳　：はい、頑張ります。

太田：期待してるよ。じゃ、

　　　まず　会社でも　案内しましょうか。

陳　：はい、お願いします。

（在公司）

陳　：初次見面，敝姓陳。對於工作上還有所不習慣，可能會造成各位的麻煩，

　　　還請各位多多指教。

太田：初次見面，我是太田。我才要請妳多多指教。我是陳小姐的負責人，

　　　有任何事情都可以問我。

陳　：謝謝您。那個，我敬語用得還不太好……。

太田：嗯……，的確，敬語是連日本人都沒辦法用得很好的呢。

　　　但是，敬語很重要，慢慢來也沒關係，不記起來不行喔。

陳　：好的。

太田：陳小姐還年輕，一定很快就會變熟練喔。

陳　：不，那種事……。但是，我會努力的。

太田：我很期待喔。那麼，首先介紹妳認識公司環境吧。

陳　：好的，麻煩您了。

A：慣れない　仕事で、<u>迷惑を　かける</u>　ことも　あるかも　しれませんが、
　　よろしく　お願いします。
B：何か　あったら、遠慮しないで、聞いて　くださいね。
A：はい、ありがとう　ございます。

A：對於工作上還有所不習慣，可能會造成各位的麻煩，還請多多指教。

B：有什麼事的話，請別客氣問我喔。

A：好的，謝謝您。

例　迷惑をかけます

❶ 失敗します

❷ いろいろ間違えます

❸ ミスをします

❹ 足を引っ張ります

❺ 面倒をかけます

例　添麻煩

1.失敗　2.很多錯誤　3.有所失誤　4.扯後腿　5.添麻煩

🎞️ 練習2 套進去說說看！

A：あのう　①敬語が　あまり　うまく　②使うことが　できないんです
　　が……。

B：んー、確かに　①敬語は　難しいですよね。でも、③大切ですから、
　　④覚えなければ　いけませんよ。

A：はい。

A：那個，我①敬語②使用得還不太好……。

B：嗯，①敬語確實很困難呢。但是，因為③很重要，不④記起來不行喔。

A：好的。

例 ①敬語
　　②使います
　　③大切です
　　④覚えます

❶ ①日本語
　②話します
　③役に立ちます
　④がんばって練習します

❷ ①エクセル
　②使います
　③仕事に必要です
　④よく習います

❸ ①この機械
　②操作する
　③役に立ちます
　④使い方に慣れます

❹ ①人付き合い
　②します
　③いい人に出会えるかもしれません
　④深く考えないでチャレンジします

例　①敬語 ②使用 ③很重要 ④記起來

1. ①日文 ②説 ③很有用 ④努力練習

2. ①Excel ②使用 ③工作必須 ④好好學

3. ①這個機器 ②操作 ③很有用 ④習慣使用方法

4. ①與人交往 ②做 ③説不定可以遇到不錯的人 ④別想太多地去挑戰

A：まだ 若_{わか}いから、すぐに 上手_{じょうず}に なるよ。

B：はい、ありがとう ございます。

A：你還年輕，很快就會變得熟練了喔。

B：好的，謝謝您。

例 まだ若_{わか}いから、すぐに上手_{じょうず}になるよ。

❶ 自信_{じしん}を持_もってね。

❷ 大丈夫_{だいじょうぶ}だから、元気_{げんき}出_だしてね。

❸ 諦_{あきら}めないで、頑張_{がんば}って。

❹ 何_{なん}とかなるよ。

❺ あなたならできるよ。

例 你還年輕，很快就會變得熟練了喔。

1. 抱持自信喔。　　　2. 沒問題的，打起精神來喔。　　3. 不要放棄，加油！

4. 船到橋頭自然直的。　　5. 是你的話，一定可以的喔。

練習4 對話練習

A：会社でも　案内しましょうか。

A：我來為你介紹公司環境吧。

①B：はい、お願いします。

B：好的，麻煩您了。

②B：いいえ、結構です。

B：不用了，謝謝您。

例 会社でも案内します

❶ この仕事、手伝います

❷ 荷物、持ちます

❸ お醤油、取ります

❹ 向こうの部屋の電気、消します

❺ お茶、ここに置きます

例　介紹公司

1. 幫忙這個工作　2. 拿行李　3. 拿醬油　4. 關掉對面房間的電燈　5. 把茶放在這邊

❀ 文型說明

A.「～に　なります、～く　なります」（變得）（文型₃－①）

「なります」表示狀態自然地變化。

> **い形容詞：「い形容詞（ᵢ）＋くなります」**

大^{おお}きい＋なります

＝大^{おお}き**く**　なります。變大了。

> **な形容詞：「な形容詞＋になります」**

静^{しず}か＋なります

＝静^{しず}か**に**　なります。變安靜了。

例／

急に　頭^{あたま}が　痛^{いた}く　**なりました**。　頭突然變痛了。

娘^{むすめ}さん、きれい**に**　**なりましたね**。　女兒變漂亮了呢。

＊注意：想表達現在的狀態時，要用過去式「～なりました」。用現在式「～なります」的

話，則表示未來可能的狀態或習慣。

例：A：最近^{さいきん}、寒^{さむ}く　**なりましたね**。

B：そうですね。まだ　１１月^{じゅういちがつ}ですから、これから　もっと　寒^{さむ}く　**なりますよ**。

A：最近，變冷了呢。

B：對啊。才11月而已，之後會變得更冷喔。

B.「かも しれません」（可能）（文型ɜ－②）

　　「かも しれません」用來表示雖不清楚實際情形，但有可能性的狀況。當可能性較低的時候，常會與「もしかすると」（或許）、「ひょっとすると」（或許）等副詞一起使用。連接方式如下：

> 動詞（普通形）＋かもしれません

例外：名詞＆な形容詞的現在肯定形（～だ）

例

明日、雨が 降る**かも しれません**ね。

明天**可能**會下雨耶。

陳さんは 来ない**かも しれません**。

陳先生**可能**不會來。

＊注意：口語上常只使用「かも」。

　　　　例：これは陳さんの手帳**かも**。 這個**可能**是陳同學的筆記本。

　　　　　　今日の試験、ダメ**かも**。 今天的測驗，**可能**不行。

C.「ことも あります」（有時候會）（文型ɜ－③）

　　表示某事發生的機率是「有時候會、偶爾會」的意思。連接方式如下：

> 動詞（辭書形）＋こともあります（ことがあります）

例

台湾でも ときどき 雪が 降る **ことも あります**。

台灣**有時候**也是會下雪的。

いつもは お酒を 飲みませんが、たまに 飲む **ことも あります**。

一般是不喝酒的，但**偶爾**也會喝。

＊注意：此文型和用來表示經驗的「動詞（た形）＋ことがあります」（曾經）意思不同。

　　　　例：日本へ **行った ことが あります**。 曾去過日本。

　　　　　　日本へ **行く ことが あります**。 偶爾會去日本。

D. 動詞敬語化「お～する（します）」（文型3－④）

以「お＋動詞（ます形）＋する」的方式，可以把該動詞變成敬語。

例

待ちます　→　**お待ちします**　等候

呼びます　→　**お呼びします**　叫

訪ねます　→　**お訪ねします**　拜訪

＊注意：只有一個音節的動詞，不能做這樣的變化。

例：見ます　→　×お見します

　　寝ます　→　×お寝します

　　います　→　×おいします

E.「ましょうか」（我來～吧）（文型3－⑤）

使用在與人對話時，提出某件行為的時候。連接方式如下：

動詞ます形（ます）＋ましょうか

例

A：窓を　あけ**ましょうか**。　A：我來把窗戶打開吧。
B：はい、お願いします。　　B：好的，麻煩您了。

A：荷物、持ち**ましょうか**。　　　　　　A：我來拿行李吧。
B：いいえ、大丈夫です。ありがとう　ございます。　B：不用，沒問題的。謝謝您。

F.丁寧體、普通體

日文中有丁寧體（禮貌體）及普通體（書寫體）兩種形態。

丁寧體是對長輩或初次見面、不熟的人講話時使用。普通體是對親近的朋友、家人或晚輩講話時使用，或是用在日記、記錄、新聞、報告中。

普通體的句子結尾會使用普通形（對話的形式）。

＊普通體的説明請參考P.245。

> 例 //

丁寧體：日本へ　行った　ことが　**あります**。
普通體：日本へ　行った　ことが　**ある**。

　　　　去過日本。

丁寧體：ゆっくりでも　**いいです**から、覚えなければ　**いけません**よ。
普通體：ゆっくりでも　**いい**から、覚えなければ　**いけない**よ。

　　　　慢慢來也沒關係，不記得不行喔。

G.「なかなか＋動詞否定形」（不太能）

表示「想做某事，卻因為需要時間、勞力、能力等等，而不能簡單地做到」。

> 例 //

最近は　時間が　ないので、**なかなか**　買い物に　行け**ません**。

最近沒什麼空，所以**不太能**去購物。

彼は　海外に　住んでいるので、**なかなか**　会え**ません**。

他住在國外，所以**不太能**見面。

H.「確かに」（確實）

「確かに」是副詞，確定的程度相當強烈。代表著沒弄錯、確實、明確知道、了解等意思。

> 例 //

これは　**確かに**　大変な　事件ですね。

這**確實**是件嚴重的事情呢。

A：また　先週（せんしゅう）行（い）った　レストランへ　行（い）きたいですね。

B：ええ、あの　レストランは　確（たし）かに　おいしかったですね。

A：還想再去上禮拜去過的餐廳吃飯耶。

B：嗯，那家餐廳**確實**很好吃呢。

＊注意：「確（たし）かに」和「確（たし）か」只差在有沒有「に」而已，但意思不同，需多加注意。「確（たし）か」

表示「（印象中）應該沒錯」，但近來這個用法的確定程度稍微減弱，意思趨近於

「認為」。

例：会話（かいわ）の　試験（しけん）、確（たし）か　今日（きょう）だったよね。 會話考試，**應該**是今天沒錯吧。

A：会議（かいぎ）は　何時（なんじ）からですか。

B：確（たし）か　2時（にじ）からです。

A：會議幾點開始呢？

B：**應該**是2點開始。

總而言之，「確（たし）かに」是用來表示非常確定的事，而「確（たし）か」是表示不太確定的事。

1.「ことが　できます」（能夠）

表示擁有實現某個動作或狀態的能力。連接方式如下：

動詞（辭書形）＋ことができます

例//

覚（おぼ）えます（ます形）

→覚（おぼ）える（辭書形）＋ことができます

＝覚（おぼ）える**ことができます**

記**得起來**

名詞＋が＋できる

例 //

ピアノ（名詞）＋が＋できる

＝ピアノ**が****できる**

　能彈鋼琴

J. 表示理由、立場「んですが……」（～的緣故）

＊例外：な形 / 名詞＋現在形肯定

　　　　×「～だんですが……」　→　○「～なんですが……」

　　此句型，前半句會使用「んです」來表達理由、自己的立場、或說明狀況，而後半句則會接續請求、請教等內容。前半句和後半句之間，多會用接續助詞「が」來連接。但就像例句所示，「が」後面的後半句，也可以省略。

例 //

日本語が　あまり　得意では　ない**んですが**、大丈夫ですかね……。

我日文不是很擅長，這樣沒問題嗎……。

台北へ　行きたい**んですが**、どう　行ったら　いいですか。

我想去台北，怎麼去比較好呢？

この　漢字の　読み方が　分からない**んですが**、教えて　いただけますか。

我不知道這個漢字的唸法，可以教我嗎？

今日、早く　帰らなければ　ならない**んですが**……。

今天，不早點回去不行……。

學習總複習

Part 1 會話

問題 | 有過這樣的經驗嗎？

步驟：

❶ 想出3個問題，填入「問題欄」。

❷ 分別向3位同學問問題，並將大家的回答填入表1～表3。

❸ 除了當時的經驗及心得外，也可以自由地討論其他事情。

會話例

A：陳さんは　日本へ　行った　ことが　ありますか。

A：陳先生去過日本嗎？

B：はい、ありますよ。

A：いつですか。

B：んー。３年前です。

A：どうでしたか。

B：一人で　行ったので、ちょっと
　　寂しかったです。

B：是的，有喔。

A：什麼時候呢？

B：嗯，3年前。

A：怎麼樣？

B：因為是一個人去，
　　所以有點寂寞。

B：いいえ、ありません。

A：そうですか。どうも。

B：不，沒有。

A：這樣啊。謝謝。

問題欄

例 日本へ　行った　ことが　ありますか。　去過日本嗎？

❶ _____

❷ _____

❸ _____

回答

例

____陳____さん	経験 ○/×	いつ 何時	感想 感想	その他 其他
問題例	○	3年前 3年前	一人で行ったので、 ちょっと寂しかった。 因為是一個人去，所以有點寂寞。	全部で5万元かかった。 一共花了5萬元。

表1

_____さん	経験 ○/×	いつ 何時	感想 感想	その他 其他
問題1				
問題2				
問題3				

表2

＿＿＿さん	経験 ^{けいけん} ○/×	いつ 何時	感想 ^{かんそう} 感想	その他 ^た 其他
問題1				
問題2				
問題3				

表3

＿＿＿さん	経験 ^{けいけん} ○/×	いつ 何時	感想 ^{かんそう} 感想	その他 ^た 其他
問題1				
問題2				
問題3				

❀ 問題2 介紹各個國家有趣的禮儀或規矩。

説明：

❶ 自己一個人或跟其他人一起調查國外有趣的禮儀與習慣。

❷ 使用照片等做成投影片。（減少口頭敘述的文字量）

❸ 報告時，儘量使用這一課所學到的文法，如：「てもいいです」（～也可以）、「～てはいけません」（禁止～）、「～なくてもいいです」（不～也沒關係）、「なければなりません」（非～不可）、「ことができます」（可以～）、「こともあります」（有時候會～）。

例　みなさんは、お酒を飲むことができますか。お酒がすきですか。今日はオーストラリアのお酒事情について紹介したいと思います。

　　　大家，都能喝酒嗎？喜歡酒嗎？今天我想介紹澳洲的酒的事情。

　オーストラリア人はお酒が大好きです。よくバーベキューをしながら、ビールを飲んでいます。そして、オーストラリアには、おいしいワインがたくさんあって、安く買うことができます。

　　　澳洲人非常喜歡喝酒。常常邊烤BBQ邊喝啤酒。而且，在澳洲有很多好喝的葡萄酒，也可以便宜買到。

　そんなオーストラリアでは、なんと、飲酒運転をしてもいいのです。もちろん、たくさん飲んではいけませんが。1時間にビールの瓶を1本ぐらいのペースで、3、4本飲んでもいいです。でも、オーストラリア人とアジア人の私たちでは、体の大きさが違うので、注意しなければなりません。

　　　在那樣的澳洲，竟然，酒駕也沒關係。當然，不可以喝太多。以1小時大概1個啤酒瓶的步調，3、4瓶也是可以的。但是，澳洲人和我們亞洲人，在體型上有差別，所以必須注意。

それから、オーストラリアには、お酒のドライブスルーがあります。お店の名前はBWSです。BWSはBeer Wine Spritsの略です。このお店は有名な大きい酒屋です。ここでは、車の中からお酒を買うことができます。わざわざ車を降りなくてもいいので、とても便利ですね。

然後，在澳洲，有酒的得來速。店名叫做BWS。是Beer Wine Sprits的簡稱。這間店是有名的大型酒類商店。在這裡，可以在車上直接買酒。因為不用特別下車，所以非常方便呢。

わたしはお酒が大好きですから、安くて、おいしいお酒を手軽に買うことができるオーストラリアへ行って、たくさんお酒を飲んでみたいです。

因為我非常喜歡酒，所以想去可以隨手買到便宜又好喝的酒的澳洲，然後品嘗很多酒。

以上、ご清聴ありがとうございました。

以上，感謝大家的聆聽。

😎 問題3 請用日文回答問題。

❶ もし 長い 休みが あったら、何を したいですか。

如果有長假的話，想做什麼呢？（請使用「たりたり」）

_____

_____

_____

❷ 大きくて、重そうな　荷物を　持って　いる　おばあさんが　います。
助けて　あげたいです。何と　声を　かけますか。

有一位老太太拿著又大、看起來又重的行李，你想幫助她，要怎麼和她說呢？

_____

_____

❸ 初出勤（会社やアルバイト先）の　時の　自己紹介で　上司や　先輩に
何と　言いますか。

第一次上班時（不論是公司還是打工），要如何向上司或前輩自我介紹呢？

_____

_____

_____

❹ 自信を　失くして　いる　人に　何と　言って　励ましますか。

你會說什麼來鼓勵一位失去自信的人？

_____

_____

_____

🎞 生詞　　　　　　　　　　　　　　　　▶ MP3-92

❶ おゆ ② 名	お湯	熱水
❷ ことば ③ 名	言葉	言語
❸ しゅるい ① 名	種類	種類
❹ タオル ① 名	towel（英語）	毛巾
❺ かけます ③ 動		倒、淋
❻ まとめます ④ 動		總結
❼ あぶない ③ い形	危ない	危險的
❽ ～ぶん ① 接尾	～分	～份（量）

第
5
課

🎞 問題I 請聽音檔，並選出正確答案。　　　▶ MP3-93

❶ ＿＿＿＿＿

①温泉へタオルを持って行ってはいけません。

②服を着て、お風呂に入ってはいけません。

③お風呂の中で、お酒を飲んではいけません。

④温泉に入る前に水を飲んではいけません。温泉に入ってから、飲んでください。

❷ ＿＿＿＿＿

①日本人とたくさん話すチャンスを作ります。

②日本語でたくさん話します。

③授業で言葉をたくさん習います。

④授業をよく聞きます。

❸ _____

① 1日赤と黄色の薬は2回　白い薬は1回飲みます。

② 1日赤と黄色の薬は3回　白い薬も3回飲みます。

③ 1日赤と黄色の薬は2回　白い薬は4回飲みます。

④ 1日赤と黄色の薬は4回　白い薬は2回飲みます。

❹ _____

① 1冊　　② 2冊　　③ 3冊　　④ 4冊

❺ _____

① 2 0　　② 2 1　　③ 2 2　　④ 2 3

🎧 問題2 請聽音檔，並選出正確的回答。　　▶ MP3-94

❶ _____　　**❷** _____　　**❸** _____　　**❹** _____

自己打分數

✓ 可以談論日本及自己國家的習慣或禮儀。

✓ 在新的環境中能和認識的人順利對話。

☆☆☆☆☆（一顆星20分，滿分100分，請自行塗滿。）

動詞的活用（辭書形和ない形）

Ⅰ. 動詞辭書形

「辭書形」就是動詞的「原形」，或稱為「字典形」、「基本形」。

「辭書形」的作法

Ⅰ類動詞 「ます」前一音節由「い」段音改為「う」段音，並將「ます」去掉。

例
　　　か　　[ka]　ない　　（ない形）

　　　き　　[ki]　ます　　（ます形）

　書　く　　[ku]　　　　　（辭書形）　→　書く

　　　け　　[ke]

　　　こ　　[ko]

Ⅱ類動詞 不改變「ます」前的音節，直接將「ます」去掉，再加上「る」。

例 Step1：去掉「ます」。

　　　見せます　→　見せ

Step2：剩下的「ます形」後面加上「る」。

　　　見せ　　　→　見せる

Ⅲ類動詞 「ます」前一音節由「い」段音改為「う」段音，並將「ます」去掉，再加上「る」。

例 します（做）

　　さ　[sa]　ない　　（ない形）

　　し　[shi]　ます　　（ます形）

　　す　[su]　る　　　（辭書形）　→　する

　　せ　[se]

　　そ　[so]

きます（來）

か　[ka]　ない　（ない形）

き　[ki]　ます　（ます形）

く　[ku]　る　　（辭書形）　→　くる

け　[ke]

こ　[ko]

2. 動詞ない形

　　動詞後面接上否定助動詞「ない」的型態稱為「ない形」，用於表示動詞的普通形（常體）否定。如「読みます」變成「読まない」，「読ま」這個部分就是「読みます」的「ない形」。

「ない形」的作法

Ⅰ類動詞 「ます」前一音節由「い」段音改為「あ」段音，並將「ます」改成「ない」。

例　　**か　[ka]　ない　（ない形）　→　書かない**

　　　き　[ki]　ます　（ます形）

書　く　[ku]

　　け　[ke]

　　こ　[ko]

＊注意：若「ます」前一音節是「い」，則改為「わ」。

　　　例：買います　→　×　買あない

　　　　　　　　　→　○　買わない

Ⅱ類動詞 不改變「ます」前的音節，直接將「ます」去掉，再加上「ない」。

例 Step1：去掉「ます」。

　　　　見せます　→　見せ

Step2：剩下的「ます形」後面加上「ない」。

　　　　見せ　　　→　見せ**ない**

III類動詞 します（做）：不改變「ます」前的音節，直接將「ます」去掉，再加上
「ない」。

　　　例 Step1：去掉「ます」。

　　　　　　　　し~~ます~~　→　し

　　　　　Step2：剩下的「ます形」後面加上「ない」。

　　　　　　　　し　　　→　　しない

　　きます（來）：直接將「ます」去掉，再加上「ない」。雖然「ます」前面
　　　　　　　　動詞的漢字「来」並沒有改變，但去掉「ます」之後，發音
　　　　　　　　由「き」變成「こ」。

　　　例 Step1：去掉「ます」之後，發音由「き」改變成「こ」。

　　　　　　　　来<ruby>来<rt>き</rt></ruby>~~ます~~　→　<ruby>来<rt>こ</rt></ruby>

　　　　　Step2：剩下的「ます形」後面加上「ない」。

　　　　　　　　<ruby>来<rt>こ</rt></ruby>　　　→　　<ruby>来<rt>こ</rt></ruby>ない

3. 各種詞性的「普通體」整理

動詞

	動詞	現在肯定形 （辭書形）	現在否定形 （ない形）	過去肯定形 （た形）	過去否定形
第一類	書きます	書く	書かない	書いた	書かなかった
	あります	ある	ない	あった	なかった
第二類	見ます	見る	見ない	見た	見なかった
第三類	します	する	しない	した	しなかった
	来ます	来る	来ない	来た	来なかった

名詞、形容詞

	名詞、形容詞	現在肯定形 （辭書形）	現在否定形 （ない形）	過去肯定形 （た形）	過去否定形
い形容詞	<ruby>大<rt>おお</rt></ruby>きいです	<ruby>大<rt>おお</rt></ruby>きい	<ruby>大<rt>おお</rt></ruby>きくない	<ruby>大<rt>おお</rt></ruby>きかった	<ruby>大<rt>おお</rt></ruby>きくなかった
	いいです	いい	よくない	よかった	よくなかった
な形容詞	<ruby>静<rt>しず</rt></ruby>かです	<ruby>静<rt>しず</rt></ruby>かだ	<ruby>静<rt>しず</rt></ruby>かじゃない <ruby>静<rt>しず</rt></ruby>かではない	<ruby>静<rt>しず</rt></ruby>かだった	<ruby>静<rt>しず</rt></ruby>かじゃなかった <ruby>静<rt>しず</rt></ruby>かではなかった
名詞	<ruby>学生<rt>がくせい</rt></ruby>です	<ruby>学生<rt>がくせい</rt></ruby>だ	<ruby>学生<rt>がくせい</rt></ruby>じゃない <ruby>学生<rt>がくせい</rt></ruby>ではない	<ruby>学生<rt>がくせい</rt></ruby>だった	<ruby>学生<rt>がくせい</rt></ruby>じゃなかった <ruby>学生<rt>がくせい</rt></ruby>ではなかった

句末的普通體

丁寧體	普通體	中文意思
<ruby>食<rt>た</rt></ruby>べたいです	<ruby>食<rt>た</rt></ruby>べたい	想吃
<ruby>食<rt>た</rt></ruby>べてください	<ruby>食<rt>た</rt></ruby>べて	請吃
<ruby>食<rt>た</rt></ruby>べています	<ruby>食<rt>た</rt></ruby>べている	正在吃
<ruby>食<rt>た</rt></ruby>べてもいいです	<ruby>食<rt>た</rt></ruby>べてもいい	吃也沒關係
<ruby>食<rt>た</rt></ruby>べなければなりません	<ruby>食<rt>た</rt></ruby>べなければならない	不吃不行
<ruby>食<rt>た</rt></ruby>べなければいけないです	<ruby>食<rt>た</rt></ruby>べなければいけない	必須吃
<ruby>食<rt>た</rt></ruby>べなくてもいいです	<ruby>食<rt>た</rt></ruby>べなくてもいい	不吃也沒關係
<ruby>食<rt>た</rt></ruby>べたことがあります	<ruby>食<rt>た</rt></ruby>べたことがある	有吃過
<ruby>食<rt>た</rt></ruby>べたことがありません	<ruby>食<rt>た</rt></ruby>べたことがない	沒吃過
<ruby>食<rt>た</rt></ruby>べることができます	<ruby>食<rt>た</rt></ruby>べることができる	能夠吃

普通體的疑問句

· 句末的「か」：普通體的疑問句最後，一般不需要放疑問助詞「か」，而是加上「？」
來表達其疑問的語感。只有男性才會加上「か」，來表示疑問。

例 × 明日 台北へ 行くか。

○ 明日 台北へ 行く？ 明天要去台北嗎？

· 名詞、な形容詞（現在肯定形）：在疑問句中，名詞及な形容詞的現在肯定形是不
需要「だ」的；但在肯定句中，名詞及な形容詞
的現在肯定形還是需要「だ」。

第
5
課

例 疑問句中的現在肯定形：

名詞

× 彼は 学生だ？ → ○ 彼は 学生？

な形容詞

× 明日、暇だ？ → ○ 明日、暇？

例 肯定句中的現在肯定形：

彼は 学生だ。

明日は 暇だ。

· 回答的方法

はい → うん（肯定）

いいえ → ううん（否定）

＊注意：另外，普通體的文章裡，其「代名詞」及「逆接」也會改變，例如「代名詞」的「私」
會變成「僕」、「俺」，「逆接」的「けれども」會變成「けど」、「でも」。

例：A：明日、台北へ 行くよ。

B：じゃ、**僕**も 一緒に 行きたいなあ。

A：明天，要去台北喔。

B：那，**我**也想一起去耶。

日本料理は 高い**けど**、おいしいよね。 日本料理**雖然**貴，**但是**很好吃呢。

B 職場新鮮人的慣用語句

・分からない事ばかりで、ご迷惑をおかけすることもあるかもしれませんが、ご指導よろしくお願いします。

不了解的事情還很多，可能會造成各位的困擾，但還請多多指教。

・皆様のご期待に応えられるよう、一日も早く仕事に慣れて、一生懸命頑張りたいと思います。会社や仕事のことでいろいろとお聞きすることがあるかと思いますので、よろしくご指導ください。

為了能回應大家的期待，我會盡早習慣工作、認真努力的。公司或工作上，還有許多事情要向各位請教，請大家能多多教導我。

・一日も早く職場に馴染み、仕事ができるようになりたいと思っています。いろいろとお世話になることが多く出てくるかと思いますが、ご指導をよろしくお願いいたします。

希望盡早適應職場、能夠完成工作。可能會有許多需要勞煩各位照顧的地方，還請各位多多指教。

C 鼓勵、慰勞的表現

頑張ってください。

請加油。

それは大変ですね。

那樣很辛苦呢。

期待していますよ。

我很期待喔。

はやく元気出してくださいね。

請盡早打起精神喔。

きっと上手くいきますよ。

一定會越來越熟練的喔。

お疲れ様。

您辛苦了。

〜さんならできますよ。

〜的話，一定可以的喔。

ご苦労様。

您辛苦了。

大丈夫ですか。

還好嗎？

お見舞いの手土産「花」

探病時的伴手禮──花

　　在探病時所準備的伴手禮中，「花」一直被日本人視為固定的品項之一，就我們所知，病房是十分殺風景的地方，而用美麗的花朵裝飾這樣的地方，可以使人的心靈平靜下來。在此，我們要針對作為探病時所用到的伴手禮──「花」，深入介紹在贈送之際要注意的規則、禮儀等。

　　首先，在日本，由於「盆花」是連著根的，而連著根的日語「根付く」音近似「病院に寝付く」（在醫院臥病不起）中的「寝付く」（臥床不起），總之，會令人聯想成「病痛無法治癒，得一直住院」的意思，所以探病時贈送盆花被視為一大禁忌。此外，人造花也因為相同的理由，不是很推薦。因此，探病時贈送「新鮮的花束」應該是最佳的選擇。但是，有時會遇到病房中沒有預備花瓶的情況，所以，將花瓶與花束一起當成禮物贈送、或是事前自行將花束做成手工插花，會比較合宜。

　　接著，在送禮的時候，花的種類也是必須注意的。シクラメン（仙客來，俗稱「蘿蔔海棠」）的花名諧音近似「死（シ）、苦（ク）」等字眼，而被視為探病的送禮禁忌。另外，菊花是掃墓時常準備的花，因此當作探病送禮的花也是十分失禮的。

再者，雖然花有許多種顏色，但由於病房往往給人較昏暗的氣氛，所以盡量選擇粉紅、黃色、橘色等亮色系的花比較好。不過要注意的是，鮮紅色的花朵會使人聯想到鮮血，所以應當避開。

此外，當探訪的病人是入住多人病房，在探病時也必須考慮同房其他人的感受。例如不管多麼芬芳的花，一定有人喜歡、有人不喜歡，所以像百合這種氣味強烈的花，應該避免比較好。另外，由於醫院裡可能會有花粉症的患者，加上有些醫院可能會因為衛生問題禁止將鮮花攜入病房，因此最好在探病前做好確認。

確實，規定與禮儀固然必要，但是，沒有什麼比得上抱著為了對方的心情，去精心挑選合適花束的這份情意。

付録
ふ ろく

附錄

核對解答，檢視
自己的學習情況。

第1課　脚本＆解答

學習總複習　會話　問題3

→P.49

解答例：

❶ すみません。注文を　お願いします。

❷ 醤油ラーメンを　1つと　カレーライスを　2つ　お願いします。

❸ コーヒーと　紅茶と　どちらが　好きですか。

❹ コーヒー（紅茶）のほうが　好きです。

學習總複習　聽力　問題1

▶ MP3-14　→P.50

解答：

	メニュー 菜單	好きなもの 喜歡的東西
1	食堂メニュー 餐廳菜單	陳さん：とんこつラーメン 陳先生：豚骨拉麵
2	飲み物メニュー 飲料菜單	張さん：カフェラッテ 張先生：拿鐵
3	お酒メニュー 酒類菜單	鈴木さん：日本酒 鈴木先生：清酒
4	デザートメニュー 點心菜單	本間さん：ソフトクリーム 本間小姐：霜淇淋

脚本：

❶ A：陳さんは　ラーメンが　好きですよね。

陳：ええ。毎日　食べたいです。

A：ラーメンの　中で　何が　一番　好きですか。

陳：味噌ラーメンが　好きですね。でも、とんこつラーメンも　好きです。

A：どっちの　ほうが　好きですか。

陳：んー、とんこつですね。

A：陳先生喜歡拉麵吧！

陳：是啊。每天都想吃。

A：那拉麵之中，你最喜歡什麼？

陳：喜歡味噌拉麵吧！不過，也喜歡豚骨拉麵。

A：比較喜歡哪個？

陳：嗯，豚骨吧。

❷ 張：何か　飲みましょうか。

B：そうですね。張さんは、紅茶と　コーヒーと　どちらが　好きですか。

張：コーヒーですね。毎朝　コーヒーを　飲みます。

B：じゃ、コーヒーの　中で　何が　一番　好きですか。

張：そうですね。ラッテですね。

張：要喝點什麼嗎？

B：好啊。張先生紅茶跟咖啡喜歡哪個？

張：咖啡吧。我每天早上都會喝。

B：那麼，咖啡之中你最喜歡什麼？

張：這樣啊。拿鐵吧。

❸ A　：鈴木さんは、お酒を　飲みますか。

鈴木：ええ、日本人は　お酒が　好きですよ。

A　：お酒の　中で　何が　一番　好きですか。

鈴木：そうですね。全部　好きですが、やっぱり　日本酒が　一番　好きですね。

A　：へー、じゃ、台湾の　高粱酒も　好きですか。

鈴木：それは、ちょっと……。

A　：鈴木先生喝酒嗎？

鈴木：嗯，日本人都是喜歡酒的喔。

A　：那酒之中你最喜歡什麼？

鈴木：這個嘛。全都喜歡，不過還是最喜歡清酒。

A　：咦，那台灣的高粱酒也喜歡嗎？

鈴木：那個就有點……。

❹ A ：わたしは　スイーツが　大好きです。

本間：わたしも！！

A ：じゃ、本間さんは　何が　一番　好きですか。

本間：えー、難しいですね。んー、ソフトクリームですね。

A ：じゃ、アイスクリームも　好きですか。

本間：アイスクリームは　あまり……。ソフトクリームが　大好きです。
　　　北海道の　ソフトクリームは　とても　おいしいですよ。

A ：我最喜歡吃甜食了。

本間：我也是！！

A ：那麼本間小姐最喜歡什麼？

本間：咦，好難哦。嗯，應該是霜淇淋吧。

A ：那冰淇淋也喜歡嗎？

本間：冰淇淋的話不太……。最愛霜淇淋了。北海道的霜淇淋非常好吃喔。

🥁 學習總複習　聽力　問題2 　　▶ MP3-15　→P.51

解答：

	注文した物 點的東西	数量 數量	合計金額 總金額
1	ラーメン 拉麵	1	650
	コーラ 可樂	1	
2	コーヒー 咖啡	4	1200
3	オレンジジュース 柳橙汁	1	1680
	紅茶 紅茶	1	
	ケーキ 蛋糕	2	
4	たこ焼き 章魚燒	2	1950
	焼きそば 炒麵	1	
	ウーロン茶 烏龍茶	3	

脚本：

❶ 客 ：すみません。ラーメン　1つと　コーラ　1つ　お願いします。

店員：はい、ありがとう　ございます。ラーメンが　500円で、

　　　　コーラが　150円で　ございます。

客人：不好意思。請給我1碗拉麵跟1杯可樂。

店員：好的，感謝您。拉麵是500日圓，可樂是150日圓。

❷ 客 ：すみません。お会計を　お願いします。

店員：はい、ご注文は　コーヒーが　4つ　ですね。

　　　　ひとつ　300円ですから、全部で……。

客人：不好意思，我要結帳。

店員：好的，您點了4杯咖啡。一杯是300日圓，所以全部是……。

❸ 張 ：わたしは　オレンジジュースと　ケーキに　します。

陳 ：じゃ、わたしは　紅茶に　します。

張 ：陳さんも　ケーキを　食べますか。

陳 ：ええ。

店員：では、全部で　1680円に　なります。2000円　お預かりします。

張　：我要柳橙汁和蛋糕。

陳　：那我要紅茶。

張　：陳先生也要吃蛋糕嗎？

陳　：嗯。

店員：這樣的話，總共是1,680日圓。收您2,000日圓。

❹ 客 ：すみません。たこ焼きを　2つ　お願いします。それから、

　　　　ウーロン茶を　3つ　お願いします。

店員：かしこまりました。たこ焼きを　2つと　ウーロン茶を　3つですね。

客 ：あっ。それから、焼きそばも　1つ　お願いします。

店員：はい、では、全部で　1950円に　なります。

客人：不好意思。請給我2份章魚燒。然後還要3杯烏龍茶。

店員：好的。2份章魚燒跟3杯烏龍茶。

客人：啊！然後，還要1份炒麵。

店員：好的。那麼全部是1,950日圓。

學習總複習　聽力　問題₃

▶ MP3-16　　→P.52

解答：

	注文した物 點的東西
1	林さん：うどん 林先生：烏龍麵
2	客さん：味噌ラーメン 客人：味噌拉麵
3	陳さん：親子丼 陳先生：雞肉蓋飯
4	田中さん：唐揚げ 田中先生：炸雞塊

脚本：

❶A：わあ、メニューが　たくさん　ありますね。林さんは　何に　しますか。

　林：んー、わたしは　麺類に　します。

　A：麺類も　たくさん　ありますよ。

　林：そうですね。じゃ、うどんに　します。

　A：哇！菜單上的品項還真多啊。林先生要吃什麼呢？

　林：嗯，我要吃麵。

　A：麵也有很多種喔！

　林：説的也是。那麼，就烏龍麵吧。

❷店員：いらっしゃいませ。

　客　：すみません、ラーメンを　お願いします。

　店員：何ラーメンですか。

　客　：んー、じゃ、味噌ラーメンを　ください。

　店員：はい、かしこまりました。

店員：歡迎光臨！

客人：不好意思，請給我拉麵。

店員：什麼拉麵呢？

客人：嗯，那麼請給我味噌拉麵。

店員：好的，我知道了。

❸ A ：陳さん、カツ丼が　ありますよ。

陳：わあ、本当ですね。

A ：わたしは、カツ丼に　します。陳さんも　カツ丼ですか。

陳：カツ丼を　食べたいですが、実は、昨日の　晩御飯は　カツ丼でしたから、
　　今日は、親子丼に　します。

A ：陳先生，有炸豬排蓋飯喔！

陳：哇！真的耶。

A ：我要吃炸豬排蓋飯。陳先生也是炸豬排蓋飯嗎？

陳：是很想吃炸豬排蓋飯，但其實昨天的晚餐就是炸豬排蓋飯，所以今天就吃雞肉蓋飯。

❹ A 　：田中さんは　何に　しますか。

田中：今日は　肉が　食べたいですね。

A 　：肉ですか。じゃ、これは？

田中：高いですね……。

A 　：じゃ、これは？から……。

田中：唐揚げですか。いいですね。じゃ、これに　します。

A 　：田中先生要吃什麼呢？

田中：今天想吃肉。

A 　：肉嗎？那麼這個呢？

田中：好貴哦。

A 　：那麼，這個呢？炸……。

田中：炸雞塊嗎？好耶。那麼，就這個吧。

第2課　脚本＆解答

🎬 暖身一下A 試著說說看！

→P.62

❶ 傘が　3本　あります。　有3把傘。

❷ 服が　5枚　あります。　有5件衣服。

❸ テーブルが　2つ　あります。　有2張桌子。

❹ 自動車が　1台　あります。　有1輛車子。

❺ 本が　6冊　あります。　有6本書。

❻ バナナが　9本　あります。　有9根香蕉。

❼ 切手が　8枚　あります。　有8張郵票。

❽ ノートが　5冊　あります。　有5本筆記本。

🎬 暖身一下B 試著說說看！

→P.63

そば

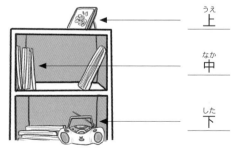

上

中

下

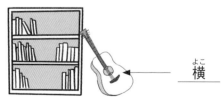

横

⊛ 暖身一下C 試著說說看！

❶ いすの 下に 犬が います。 椅子下面有狗。

❷ テーブルの 上に 花が あります。 桌子上面有花。

❸ ドアの 後ろに 子供が います。 門後面有小孩。

❹ 冷蔵庫の 前に かばんが あります。 冰箱前面有包包。

❺ くつの 中に ゴキブリが います。 鞋子裡面有蟑螂。

❻ 猫の 横に コンピュータが あります。 貓的旁邊有電腦。

❼ 本棚の 上に 絵（写真）が あります。 書架上面有畫（照片）。

❽ 台所に 女の 人が います。 廚房有女人。

冷蔵庫の前に女の人がいます。 冰箱的前面有一位女性。

❾ ベッドの 下に コップが あります。 床的下面有杯子。

⊛ 2-1 練習1 請參考範例，進行對話練習！

→P.72

❶ A：部屋に 何か ありますか。

　 B：いいえ、何も ありません。でも、子供が 2人います。

　 A：房間裡面有什麼嗎？

　 B：不，什麼都沒有。但是，有2個小孩子。

❷ A：窓の そばに 何か ありますか。

　 B：いいえ、何も ありません。でも、鳥が 1匹います。

　 A：窗戶的旁邊有什麼嗎？

　 B：不，什麼都沒有。但是，有1隻鳥。

❸ A：家の 外に 誰 いますか。

　 B：いいえ、誰も いません。でも、車が 1台あります。

　 A：家的外面有誰嗎？

　 B：不，沒有人。但是，有1台車。

❹ A：庭に　誰か　いますか。

B：いいえ、誰も　いません。でも、犬が　3匹います。

A：庭院裡面有誰嗎？

B：不，沒有人。但是，有3隻小狗。

暖身一下D 試著說說看！ →P.82

顔の部分 臉部

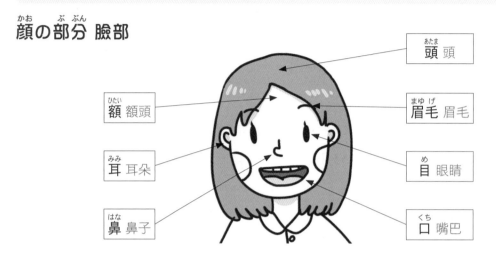

頭 頭

額 額頭

眉毛 眉毛

耳 耳朵

目 眼睛

鼻 鼻子

口 嘴巴

暖身一下E 試著說說看！ →P.82

体の部分 身體

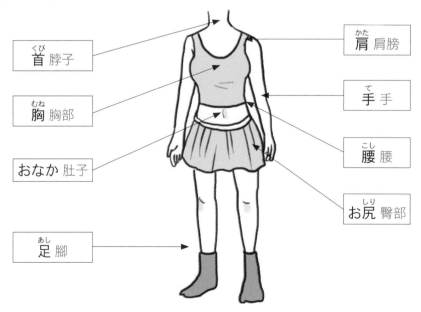

首 脖子

肩 肩膀

胸 胸部

手 手

おなか 肚子

腰 腰

お尻 臀部

足 腳

🎞 2-3　練習1 將兩句話連在一起　→P.83

❶ 目が　一重で、顔が　丸かったです。　單眼皮、臉圓圓的。

❷ 鼻が　低くて、耳が　大きかったです。　鼻子很塌、耳朵很大。

❸ 歯が　きれいで、口が　小さかったです。　牙齒很漂亮、嘴巴很小。

❹ 小顔で、鼻が　高かったです。　臉小小的、鼻子很高。

❺ 耳が　大きくて、ひげが　ありました。　耳朵很大、有鬍子。

❻ 額が　広くて、眉毛が　太かったです。　額頭很寬、眉毛很粗。

🎞 2-3　練習2 看圖描述　→P.84

❶ A：背が　高い　男の　人ですね。

　　B：わあ！羨ましいですね。

　　A：個子很高的男人呢！

　　B：哇！真令人羨慕呢。

❷ A：足が　長い　男の　人ですね。

　　B：わあ！羨ましいですね。

　　A：腳很長的男人呢！

　　B：哇！真令人羨慕呢。

❸ A：おしゃれな　男の人ですね。

　　B：わあ！羨ましいですね。

　　A：時髦的男人呢！

　　B：哇！真令人羨慕呢。

❹ A：髪が　きれいな　女の人ですね。

　　B：わあ！羨ましいですね。

　　A：頭髮很漂亮的女人呢！

　　B：哇！真令人羨慕呢。

附錄

❺ A：お尻が　大きい　女の人ですね。

B：わあ！羨ましいですね。

A：屁股很大的女人呢！

B：哇！真令人羨慕呢。

❻ A：ウエストが　細い　女の人ですね。

B：わあ！羨ましいですね。

A：腰很細的女人呢！

B：哇！真令人羨慕呢。

學習總複習　聽力　問題Ⅰ　　　　　MP3-34　→P.92

解答：

何 什麼	数 數量
例 a（ケーキ）蛋糕	2つ 2個
❶ d（漫画の本）漫畫書	8冊 8本
❷ b（服）衣服	2枚 2件
❸ f（傘）傘	1本 1把
❹ c（車）車	7台 7台
❺ e（猫）貓	1匹 1隻

脚本：

例 A：わあ、たくさん　ありますね。いつつ、全部、陳さんが　食べますか。

陳：いいえ、みっつは　子供が　食べますよ。

陳さんは　何を　いくつ　食べますか。

A：哇！有好多呢！5個，全部都是陳先生要吃的嗎？

陳：不是，3個是小孩子要吃的喔！

陳先生要吃幾個什麼呢？

❶ A：これ、面白いですよ。

B：へー、全部で　何冊　ありますか。

A：本当は、全部で　10冊　ありますが、2冊は、今　ここに　ありません。

今　ここに　何が　全部で　何冊　ありますか。

A：這個，很有趣喔！

B：咦，全部有幾冊啊？

A：其實全部有10冊，現在有2冊不在這裡。

現在在這裡全部有幾冊什麼呢？

❷ A　　：寒いですね。

田中：じゃ、これ、どうぞ。

A　　：えっ、田中さんは、寒くないですか。

田中：ええ、私は、大丈夫です。あっ、よかったら、もう　1枚、どうぞ。

A　　：すみません。ありがとう　ございます。

Aさんは、田中さんから　何を　何枚　借りますか。

A　　：好冷呢！

田中：那麼，這個，請用。

A　　：咦，田中先生不冷嗎？

田中：嗯，我啊，沒問題。啊，不介意的話，再一件，請用。

A　　：不好意思。謝謝。

A小姐從田中先生那裡借了幾件什麼呢？

❸ A：あれ、雨ですね。2本　ありますから、林さん、これ、どうぞ。

林：えっ、ありがとう　ございます。助かります。

林さんは、Aさんから　何を　何本　借りますか。

A：咦！下雨了呢。因為我有2把，林小姐，這個，請用。

林：啊，謝謝。真的幫了我的忙。

林先生從A小姐那裡借了幾把什麼呢？

附
錄

❹A：わあ、たくさん　ありますね。1、2、3、4、4台も！

B：ええ、好きですからね。あっちに　古いのも　3台　ありますよ。

A：へー、すごいですね。あれ？ここにも　1台……。これは　かわいいですね。

B：あっ、それですか。それは、子供の　おもちゃですよ。ハハハハ。

何が　全部で　何台　ありますか。

A：哇！有好多呢！1、2、3、4，4台之多！

B：嗯，因為很喜歡呢。那裡舊的也有到3台喔。

A：咦，好厲害喔！咦？這裡也有1台……。這個好可愛啊。

B：啊，那個嗎？那個，是小孩的玩具喔！哈哈哈哈。

全部有幾台什麼呢？

❺A：家に　ペットが　いますか。

B：ええ、いますよ。私と　妻は　動物が　大好きですから。

A：そうですか。写真が　ありますか。

B：ええ、ありますよ。えっと……、あっ　ありました。どうぞ。

A：わあ、かわいいですね。

B：わたしのは　こっちです。

A：えっ、じゃ、これは？

B：ああ、これは　友達のです。

家に　何が　何匹　いますか。

A：家裡有養寵物嗎？

B：嗯，有喔！因為我和妻子都很喜歡動物。

A：這樣啊。有照片嗎？

B：嗯，有喔。嗯……啊有了。請。

A：哇！好可愛呢！

B：我的是這邊的。

A：啊，那麼，這個呢？

B：啊，這個是朋友的。

家裡有幾隻什麼呢？

解答：

❶ ___c___　　❷ ___c___　　❸ ___d___　　❹ ___c___　　❺ ___b___

腳本：

❶ （背が低くて、顔が丸い男性）

　　A：先生の　ご主人は　イケメンですか。

　　B：全然　イケメンじゃ　ありませんよ。背は　高くないです。
　　　　 1 6 5cm　ぐらいです。

　　A：へー、それは　ちょっと　低いですね。

　　B：ええ、でも、顔が　丸くて、かわいい　顔ですよ。

　（個子矮、圓臉的男性）

　A：老師的先生是帥哥嗎？

　B：完全不是帥哥唷！個子不高，大約165公分。

　A：咦，那有點矮呢。

　B：嗯。但是，臉圓圓的，很可愛喔！

❷ （眉毛が太くて、耳が大きい男性）

　　A：今、家の　前に　変な　おじさんが　いましたよ。

　　B：えっ、どんな　人でしたか。

　　A：えーと、眉毛が　すごく　太かったです。

　　B：眉毛ね……。

　　A：あと、耳も　とても　大きかったですよ。

　　B：えっ！あのう……それは、わたしの　おじいちゃんです……。

　　A：えー、ごめんなさい。

　（眉毛很粗、耳朵很大的男性）

　A：剛剛，我家前面有一位很奇怪的伯伯喔。

　B：咦，是什麼樣的人？

附錄

— 265 —

A：嗯，眉毛非常粗。

B：眉毛啊……。

A：還有，耳朵也非常大喔。

B：咦！那個……那位，是我爺爺……。

A：咦，對不起！

❸ （背が高くて、髪が長い女性）

A：あのう、陳さんは　いますか。

B：ええ、いますよ。あの　背が　高い　人ですよ。

A：あの　人が　陳さんですか。ハンサムですね。

B：いいえ、違いますよ。陳さんは　女の　人です。あの　髪の　長い……。

（個子高、頭髮很長的女性）

A：那個，請問陳同學在嗎？

B：嗯，在喔！就是那位個子很高的人喔。

A：那個人就是陳同學嗎？真帥呢！

B：不，不是喔。陳同學是女生。那位頭髮很長的……。

❹ （足が長くて、ひげがある男性）

A：この　人、今　日本で　とても　人気ですよ。

B：へー、足が　長いですね。

A：ええ、かっこいいですよね。

B：うーん、でも　わたしは　ひげが　あまり　好きじゃ　ありません。

（腳很長、有鬍子的男性）

A：這個人，現在在日本很紅喔！

B：咦，腳很長呢。

A：嗯，很帥氣吧！

B：嗯……但是我不太喜歡鬍子。

⑤ （目が 大きくて、鼻が 低い 女の子）

A：この 写真の 人は 誰ですか。

B：わたしの 姉です。

A：目が 大きくて、そっくりですね。

B：ええ、でも、わたしは 鼻が 高いですが、姉は 低いです。

（眼睛很大、鼻子很塌的女孩子）

A：這張照片裡的人是誰啊？

B：是我姊姊。

A：眼睛好大，跟妳很像呢！

B：對啊，但是，我的鼻子比較挺，姊姊比較塌。

第3課　腳本＆解答

🎯 學習總複習　會話　問題3 →P.136

解答例：

❶ すみませんが、ここから 郵便局まで 歩いて どのくらい かかりますか。

不好意思，請問從這裡走到郵局要花多少時間呢？

❷ すみません、ここから 最寄の 駅まで どう 行ったら いいですか。／

すみません、ここから 最寄の 駅まで 行きたいんですが……。

不好意思，請問從這裡要怎麼去最近的車站？／

不好意思，我想去離這裡最近的車站……。

❸ どうか しましたか。／どう しましたか。

你有怎麼樣嗎？／你怎麼了？

❹ いいえ、まだまだです。／いいえ、そんな こと ないですよ。

沒有，馬馬虎虎而已。／沒有，沒那回事喔。

❺ すみません、領収書（を） お願いできますか。

不好意思，請問可以給我收據嗎？

解答：

❶　c　　　❷　d　　　❸　c　　　❹　b

腳本：

❶A：すみません。台北ホテルは　どこに　ありますか。

B：あそこに　スーパーが　ありますね。あの　スーパーを　左に　曲がって　ください。ホテルは　右に　ありますよ。

A：分かりました。ありがとう　ございます。

A：不好意思，台北飯店在哪裡呢？

B：那邊有超級市場喔。在那個超級市場向左轉。飯店就在你的右邊喔。

A：我知道了。謝謝您。

❷A：どう　しましたか。

B：上野駅へ　行きたいんですが。

A：じゃ、ここを　まっすぐ　行って、橋を　渡ります。

B：橋ですね。

A：ええ、上野駅は　橋を　渡ったら、すぐ　ありますよ。

B：分かりました。どうも。

A：怎麼了嗎？

B：我想去上野車站。

A：那麼，從這裡一直直走，過橋。

B：橋對吧。

A：嗯，過了橋馬上就是喔。

B：我知道了。謝謝。

❸A：あのう。映画館は　どこに　ありますか。

B：この　近くですよ。えっと、あそこに　病院が　ありますね。

A：ええ。

B：映画館は　あの　病院の　向かいの　デパートの　12階に　ありますよ。

A：そうですか。ありがとう　ございました。

A：那個……。電影院在哪裡呢？

B：在這附近喔。那個……，那邊有醫院對吧。

A：嗯。

B：電影院在那個醫院對面的百貨公司的12樓喔。

A：這樣啊。謝謝您。

❹A：すみません。元気図書館は　どこですか。

B：元気図書館ですか。この　信号を　右へ　曲がって　ください。
それから、次の　信号を　左へ　曲がって　ください。左に　あります。

A：そうですか。どうも。

A：不好意思，請問元氣圖書館在哪裡呢？

B：元氣圖書館嗎？請在這個紅綠燈向右轉。然後，請在下個紅綠燈向左轉。就在那左邊。

A：這樣啊。謝謝。

⊛學習總複習　聽力　問題2　　▶ MP3-60　→P.138

解答：

❶　③　　　❷　②　　　❸　④　　　❹　③　　　❺　④

脚本：

❶いつか　飲茶を　食べて　みたいです。

①そうですね。来週の　月曜日　食べますよ。

②わたしは　先週　見ましたよ。

③じゃ、今度　一緒に　食べに　行きませんか。

④いいですね。羨ましいです。

改天想去吃看看飲茶。

①對啊。下星期一要吃喔。

②我上禮拜就看過了喔。

③那麼，我們下次要不要一起去吃看看呢？

④好好喔。好羨慕。

❷もう少し まっすぐ 行って ください。

①はい、そうですか。

②はい、分かりました。

③はい、大丈夫ですね。

④はい、いいです。

再直直往前一點。

①好的，這樣啊。

②好的，我知道了。

③好的，沒有問題吧。

④好的，很好。

❸ご主人 素敵ですね。

①本当に 素敵ですよ。

②いいえ、まだまだです。

③いいえ、結構です。

④そんな こと ないですよ。

您先生好棒喔。

①真的很好看耶。

②沒有，馬馬虎虎而已。

③不用了，謝謝。

④才沒有那樣的事情呢。

❹どちらの 方ですか。

① （わたしは）台湾の 方です。

②あちらですよ。

③台湾です。

④あの ビルの 右に ありますよ。

您是哪裡人呢？

①（我是）台灣的貴賓。

②在那裡喔。

③台灣。

④在那棟建築物的右邊喔。

❺ あのう、東京駅まで どう 行ったら いいですか。

①電車は どうでしたか。

②そうですね。東京駅までは あまり よく ないですよ。

③その 白い ビルの 前ですよ。

④そこから バスに 乗ったら いいですよ。

那個……，要怎麼去東京車站才好呢？

①搭電車，感覺如何呢？

②這個嘛。到東京車站不太好喔。

③在那棟白色建築物前面喔。

④從那裡搭公車會比較好喔。

第4課　脚本＆解答

❀第4課（Ⅰ）　練習3 請看圖敘述正在做什麼　→P.156

→P.156

❶ 田中さんは お風呂に 入って いて、山下さんは 音楽を 聞いて います。

田中先生正在泡澡，山下先生正在聽音樂。

❷ 山田さんは 買い物に 行って いて、高橋さんは 掃除を して います。

山田先生正去購物，高橋小姐正在打掃。

❸ 林さんは 電話を して いて、周さんは 新聞を 読んで います。

林小姐正在打電話，周先生正在看報紙。

❹ 袁さんは 煙草を 吸って いて、劉さんは コーヒーを 飲んで います。

袁先生正在抽菸，劉先生正在喝咖啡。

❺ 黄さんは 泳いで いて、鐘さんは 走って います。

黃小姐正在游泳，鐘小姐正在跑步。

答案例：

❶ 父は　テレビを　見て　いて、母は　ご飯を　作って　います。それから、
姉は　勉強を　して　います。

爸爸正在看電視，媽媽正在煮飯。然後，姊姊正在唸書。

❷ 母は　料理が　上手で、きれいな　人です。
父は　ハンサムでは　ありませんが、面白くて、やさしい　人です。

媽媽是擅長做料理又美麗的人。爸爸雖然不帥，不過是有趣又溫柔的人。

❸ ありがとう　ございます。いただきます。／いいえ、結構です。

謝謝您，我開動了。／不用，沒關係。

❹ はい、もう　食べました。／
いいえ、まだです。／いいえ、まだ　食べて　いません。

是，已經吃了。／不，還沒。／不，還沒吃。

❺ はい、少し　簡単だと　思います。／
いいえ、簡単だとは　思いません。／いいえ、簡単じゃ　ないと　思います。

是，我覺得有點簡單。／不，我不覺得簡單。／不，我覺得不簡單。

解答：

❶ ③　　　❷ ④　　　❸ ③

❶ 腳本

陳：張さんって、学生ですよね。
張：はい、元気大学で　勉強して　いますよ。
陳：へー。じゃ、アルバイトとか　して　いますか。

張：ええ、でも、週末だけです。勉強が　大変で……。

陳：そうですか。頑張って　いますね。

陳：張先生，是學生對吧？

張：是的，目前就讀於元氣大學喔。

陳：咦。那麼，現在有在打工之類的嗎？

張：嗯，不過，只有週末而已。因為課業很重……。

陳：這樣啊，真是努力呢。

選項

①月曜日から　金曜日まで　アルバイトを　して　います。

②勉強が　大変ですから、アルバイトは　して　いません。

③土曜日と　日曜日、いつも　アルバイトを　して　います。

④勉強が　大変ですから、週末は　勉強を　頑張って　います。

①星期一到星期五都在打工。

②因為課業很重，所以目前沒有在打工。

③星期六和星期日，總是在打工。

④因為課業很重，所以週末都努力讀書。

❷ 脚本

陳：劉さんの　お兄さんって、高校で　英語を　教えて　いますよね。

劉：ええ、姉も　英語の　先生ですよ。塾で　教えて　います。

陳：すごいですね。じゃ、劉さんも　英語が　上手ですから、

　　　先生に　なったら　いいじゃ　ありませんか。

劉：いいえ、僕は　ダメですよ。人に　教えるのが　苦手ですから。

陳：劉先生的哥哥，目前在高中教英文對吧？

劉：嗯，我的姊姊也是英文老師喔。在補習班授課。

陳：真是厲害耶。那麼，因為劉先生對英文也很擅長，當老師不是也很好嗎？

劉：不不，我不行啦。教人這檔事我還真是不擅長呢。

選項

①劉さんの　お姉さんも　お兄さんも　高校生に　英語を　教えています。

②劉さんは　英語が　あまり　上手では　ありませんから、
　　　先生に　なりたくないです。

③劉さんは　中国語を　教えるのは　得意ですが、英語は　苦手です。

④劉さんは　人に　教えるのが　得意じゃ　ないので、

先生に　なりたくないです。

①劉先生的哥哥和姊姊都在教高中生英文。

②因為劉先生對英文不太擅長，所以不想當老師。

③劉先生擅長教中文，但他的英文很差。

④劉先生因為不太擅長教別人，所以不想成為老師。

3 腳本

陳：張さんの　お母さんって、働いて　いますか。

張：ええ、父の　会社を　手伝って　います。

陳：確か、お父さんの　会社って　貿易会社ですよね。

張：ええ、そうです。そこで、母は　会計を　して　います。

陳：わあ、すごいですね。

張：ええ。母は　毎日　食事を　準備したり、掃除を　したり　して

主婦の　仕事も　きちんと　して　いるので、大変そうです。

陳：張先生的媽媽，現在在工作嗎？

張：嗯，在父親的公司幫忙。

陳：沒記錯的話，令尊的公司是貿易公司對吧？

張：嗯，沒錯。在那裡，媽媽負責會計。

陳：哇，真是厲害呢。

張：嗯。媽媽每天要準備吃的、又要打掃，家庭主婦的工作也確實地做好，看起來很辛苦。

選項

①張さんの　お母さんは、毎日　社員に　ご飯を　作ったり、

会社を　掃除したり　して、手伝って　います。

②張さんの　お父さんは、貿易会社の　部長で、お母さんは　会計士です。

③張さんの　ご両親は　同じ　会社で　働いて　います。

④張さんも　ご両親と　同じ　会社で　働いて　います。

①張先生的媽媽，每天要幫忙為員工煮飯、打掃公司。

②張先生的父親是貿易公司的部長，母親則是會計師。

③張先生的父母親在同一家公司上班。

④張先生也和父母親在同一家公司上班。

🎵 學習總複習　聽力　問題2　　▶ MP3-81　→P.190

解答：

❶　×　　　❷　○　　　❸　×　　　❹　×

腳本：

❶ 陳：林さん、今日の　宿題、これ、難しいですね。

林：えっ、どれですか。ちょっと　見せて　ください。あ、これですね。

　　わたしは　前に　習った　ことが　ありますから、大丈夫です。

陳：そうですか。じゃ、教えて　もらえますか。

林：いいですよ。でも、今は　ちょっと　忙しいですから、

　　明日で　いいですか。

陳：明日は　ちょっと……。

林：んー、じゃ、張さんに　お願いしたら　どうですか。

陳：張さんですか……。張さん、いつも　忙しそうですよね。んー、

　　一人で　やって　みます。

林：そうですか。じゃ、何か　あったら、遠慮しないで　聞いて　くださいね。

　　明日は　時間が　ありますから。

林さんは、今日　忙しいので、明日　宿題を　教えて　もらいます。

陳：林同學，今天的作業，這個，好難耶。

林：咦，哪個呢？請給我看一下。啊，這個對吧。我之前學過了，所以沒問題。

陳：這樣啊。那麼，可以教教我嗎？

林：好啊！但是，現在有點忙，明天可以嗎？

陳：明天有點……。

林：嗯……，那麼，拜託張同學如何？

陳：張同學啊……。張同學總是看起來很忙的樣子呢。嗯……，我一個人做做看吧。

林：這樣啊。那麼，如果還有什麼問題的話，不用客氣，請告訴我。因為我明天都有時間。

因為林同學今天很忙，明天再請教作業。

❷ 店員：いらっしゃいませ。

　客　：すみません、この　セット　2つ、テイクアウト　したいんですけど。

　店員：はい、お持ち帰りですね。

　客　：あっ、やっぱり　ここで　食べます。すみません、

　　　　ドリンクだけ　テイクアウトに　して　もらえますか。

　店員：はい、かしこまりました。

飲み物は　この　店で　飲みません。

店員：歡迎光臨。

客人：不好意思，我要2份這個套餐，想要外帶。

店員：好的，外帶對吧？

客人：啊，還是在這裡吃好了。不好意思，可以只幫我外帶飲料就好嗎？

店員：好的，了解。

飲料不在這家店喝。

❸ （電話で）

　林：もしもし、林です。

　周：あっ、周です。おはよう　ございます。

　林：こんな　朝　早く　どうか　しましたか。

　周：あのう、林さん、ノートパソコン　ありますよね。

　　　それ、今日　ちょっと　貸して　もらえませんか。

　林：んー、朝は　ちょっと　わたしも　使いますから、無理ですね。でも、

　　　午後からは　いいですよ。

　周：そうですか。でも、午前の　授業で　使いたいので……、大丈夫です。

　　　すみません、こんな　朝　早くに　電話して。

林さんは　今日の　午前は　コンピューターを　使うので、

午後から　借ります。

（電話中）

林：喂，我是林。

周：啊，我是周。早安。

林：這麼早打來怎麼了嗎？

周：那個，林同學，有筆記型電腦對吧？那個，今天可以借我一下嗎？

林：嗯……，我早上也要用一下，所以不能耶。不過，中午過後就可以了喔。

周：這樣啊。不過，因為想在上午的課使用，所以沒關係。不好意思，這麼早打擾你。

林同學今天上午因為要使用電腦，所以從下午開始借出。

❹ 陳：クリスマスプレゼントの　交換、わたしは　USBでした。

周：えー、いいですね。僕は　コップと　お皿の　セットでしたよ。

　　ハローキティーの……。がっかりです。

陳：えー、ハローキティー、いいなー。

　　じゃ、周さんのと　交換して　もらえませんか。

周：えっ、陳さん、ハローキティー、好きなんですか。もちろん、OKですよ。

陳：やった！ありがとう。

陳さんは　ハローキティーが　好きなので、周さんは　陳さんに

クリスマスの　プレゼントに　ハローキティーの　コップと

お皿を　あげました。

陳：聖誕節交換禮物，我抽到了USB。

周：咦，不錯耶。我是抽到杯盤組喔。Hello Kitty的……。好失望。

陳：咦，Hello Kitty，真好耶。那麼，可以和周同學換嗎？

周：咦，陳同學，喜歡Hello Kitty啊？當然，OK喔。

陳：太好了！謝謝。

因為陳同學喜歡Hello Kitty，所以周同學把Hello Kitty的杯子和盤子當作聖誕節禮物送給
陳同學。

附
錄

第5課　腳本＆解答

🎬 暖身一下A 轉換動詞的型態

→P.198

動詞	第〜類	辭書形	否定形
例 書きます	1	かく	かかない
❶ 泊まります	1	とまる	とまらない
❷ 穿きます	1	はく	はかない
❸ 相談します	3	そうだんする	そうだんしない
❹ もらいます	1	もらう	もらわない
❺ 流します	1	ながす	ながさない
❻ 決めます	2	きめる	きめない
❼ しまいます	1	しまう	しまわない
❽ 話し合います	1	はなしあう	はなしあわない
❾ 借ります	2	かりる	かりない
❿ 来ます	3	くる	こない

🎬 暖身一下B 轉換各種詞性的型態

→P.199

各種詞性的丁寧體（禮貌體）	現在肯定形	現在否定形	過去肯定形	過去否定形
例 書きます	かく	かかない	かいた	かかなかった
❶ 困ります	こまる	こまらない	こまった	こまらなかった
❷ 支払います	しはらう	しはらわない	しはらった	しはらわなかった
❸ 連絡します	れんらくする	れんらくしない	れんらくした	れんらくしなかった
❹ 来ます	くる	こない	きた	こなかった

各種詞性的丁寧體 （禮貌體）	現在肯定形	現在否定形	過去肯定形	過去否定形
⑤ 調べます	しらべる	しらべない	しらべた	しらべなかった
⑥ 買います	かう	かわない	かった	かわなかった
⑦ おいしいです	おいしい	おいしくない	おいしかった	おいしくなかった
⑧ いいです	いい	よくない	よかった	よくなかった
⑨ 有名です	ゆうめいだ	ゆうめいじゃない	ゆうめいだった	ゆうめいじゃなかった
⑩ 病気です	びょうきだ	びょうきじゃない	びょうきだった	びょうきじゃなかった

🎯 學習總複習　會話　問題3

→P.239

解答例：

❶ 友達に　会ったり、旅行に　行ったり　したいです。

想和朋友見見面，或去旅行。

❷ 大丈夫ですか。荷物、持ちましょうか。

沒問題嗎？行李，我來拿吧？

❸ 初めまして、陳と　申します。今日から　お世話に　なります。分からない
事　ばかりで、ご迷惑を　おかけする　ことも　あるかも　しれませんが、
ご指導　よろしく　お願いします。

第一次見面，敝姓陳。從今天開始要請各位多多照顧。不懂的地方還很多，可能會給大家

添麻煩，還請不吝指導。

❹ あなたなら　大丈夫。自信を　持って！

你的話沒問題的。要有自信！

解答：

❶ ＿②＿　　❷ ＿②＿　　❸ ＿③＿　　❹ ＿③＿　　❺ ＿①＿

腳本：

❶ 女の　人と　男の　人が　話して　います。
　　温泉で　しては　いけない　ことは　何ですか。

A：わたし、温泉に　入るのは　初めてなんです。

B：そうですか。じゃ、温泉の　入り方を　説明しましょうか。

A：ええ、お願いします。

B：まず、お風呂に　入る　前に、体に　お湯を　十分　かけて　くださいね。
　　あっ、そうそう、日本では、服を　全部　脱いで、何も　着ないで
　　入るんですよ。

A：へー。

B：それから、お湯の　中に　タオルを　入れないで　ください。
　　あと、危ないですから、お酒を　飲んでから　温泉に　入っては
　　いけませんよ。

A：そうですか。

B：最後に、温泉から　出たら、たくさん　水を　飲んで　くださいね。

①タオルを　持って　行っては　いけません。
②服を　着て、温泉に　入っては　いけません。
③温泉の　中で、お酒を　飲んでは　いけません。
④温泉に　入る　前に　水を　飲んでは　いけません。
　温泉に　入ってから、飲んで　ください。

女人與男人正在對話。泡溫泉時的禁止事項是什麼呢？

A：我，泡溫泉還是第一次。

B：這樣啊。那麼，我來說明一下泡溫泉的方法吧。

A：好，麻煩你了。

B：首先，進入浴池前，請用熱水將身體完全淋濕喔。

　　啊，對了，在日本，是把衣服全部脫掉，什麼都不穿進去泡喔。

A：咦。

B：然後，請勿將毛巾放入熱水中。還有，因為很危險，喝酒之後不能泡溫泉喔。

A：這樣啊。

B：最後，泡完溫泉之後，請多喝水。

①不可以帶毛巾去泡溫泉。

②不可以穿著衣服進去浴池。

③在溫泉裡面不能喝酒。

④在泡溫泉之前不可以喝水。請在泡完溫泉後再喝水。

❷ 女の 人が 話して います。日本語が 上手に なりたい 人は、どうしたら いいかと 言って いますか。

　　皆さんは 一日 何回 日本語で 話しますか。ここは 日本では ありませんから、日本人と 話す チャンスが あまり ありません。でも、日本語が 上手に なりたい 人は、日本語を たくさん 話さなければ なりません。授業中は 授業を よく 聞くだけでは いけません。授業で 習った 言葉を 使って、できるだけ 先生や クラスメートと 日本語で 話して くださいね。

①日本人と たくさん 話す チャンスを 作ります。

②日本語で たくさん 話します。

③授業で 言葉を たくさん 習います。

④授業を よく 聞きます。

女人正在説話。她説日語想要變得流利的人，要怎麼樣比較好呢？

　　大家一天之中會用日語講幾次話呢？這裡不是日本，所以不太有與日本人交談的機會。但是，日語想要變流利的人，不常説日語不行。不只是上課要認真聽課。請盡量使用上課中所學到的語彙，和老師與同學用日語對話喔。

①製造和日本人多多説話的機會。
②多用日語説話。
③在課堂上多多學習語彙。
④好好聽課。

❸ 医者が　話して　います。女の　人は　一日　いくつ　薬を　飲まなければ
なりませんか。

医者：今日は、一週間分の　薬を　渡しますね。薬は　3種類　ありますが、赤
　　　と　黄色の　薬は　朝と　晩　飲んで　ください。お昼は　飲まなくても
　　　いいです。白いのは、1日　3回　飲んで　ください。必ず　忘れないで
　　　毎日　飲んで　くださいね。あ、そうだ。白いのは　寝る　前にも　飲む
　　　んでした。すみません。

①1日　赤と　黄色の　薬は　2回、白い　薬は　1回　飲みます。
②1日　赤と　黄色の　薬は　3回、白い　薬は　3回　飲みます。
③1日　赤と　黄色の　薬は　2回、白い　薬は　4回　飲みます。
④1日　赤と　黄色の　薬は　4回、白い　薬は　2回　飲みます。

醫生正在説話，女人一天之中必須吃幾次藥呢？

醫生：今天給妳一個禮拜分量的藥喔。藥總共有3種，紅色跟黃色的藥請在早晚吃。中午可
　　　以不用吃。白色的藥，一天請吃3次。請絕對不要忘了每天吃喔。啊，對了。白色的
　　　藥，在睡前也要吃，不好意思。

①一天之中，紅色跟黃色的藥吃2次，白色的藥吃1次。

②一天之中，紅色跟黃色的藥吃3次，白色的藥吃3次。

③一天之中，紅色跟黃色的藥吃2次，白色的藥吃4次。

④一天之中，紅色跟黃色的藥吃4次，白色的藥吃2次。

❹ 男の　人と　女の　人が　話して　います。
　 男の　人が　家に　忘れて　きた　本は　何冊　ありますか。

女：あれ？先週　貸した　本、これで　全部ですか。

男：そうですよ。

女：でも、足りないですよ。

男：そんな　ことないんじゃ　ないですか。
　　確かに　全部　持って　きましたよ。全部で　8冊ですよね。

女：8冊？

男：ええ、日本語の　本は、文法の　本が　3冊と　会話の　本が　1冊と
　　聴解の　本が　2冊ですよね。それから、漫画が……あれ？漫画……、
　　持って　くるのを　忘れました。すみません、明日でも　いいですか。

女：んー、いいですけど、明日は　絶対　持って　きて　くださいよ。

男：はい、明日は　絶対　大丈夫です。

女：あっ、そうそう、わたしが　貸した　本は、8冊じゃ　ないですよ。
　　9冊ですからね。

①1冊　　　　②2冊　　　　③3冊　　　　④4冊

男人跟女人正在說話。男人忘在家裡的書有幾本呢？

女：咦？上禮拜借你的書，全部只有這些嗎？

男：對啊。

女：但是，不夠喔。

— 283 —

男：沒有這回事才對吧？確實是全部帶來了啊。全部8本對吧？

女：8本？

男：嗯，日文書，有3本文法書和1本會話書及2本聽解書吧。

　　還有，漫畫……，咦，漫畫……忘了帶來了。不好意思，明天也可以嗎？

女：嗯……，可以是可以，但是明天請一定要帶來喔。

男：好的，明天絕對沒問題。

女：啊，對了，我借你的書，不是8本喔。是9本呢。

①1本　　　　　　　②2本　　　　　　　③3本　　　　　　　④4本

❺ 女の　人が　話して　います。

いくつ　チケットを　注文しなければ　なりませんか。

女の人：これから　チケットを　注文しなければ　ならないんですが、みんな　まとめて　買うと、安く　なりますから、一緒に　注文しましょう。えっと……、大人が　１６人で、子供が　７人ですね。じゃ、全部で……、あ、でも、陳さんの　ご主人と　お子さん　2人は　その　日　行くことが　できませんから、じゃあ……。

①２０　　　　　　　②２１　　　　　　　③２２　　　　　　　④２３

女人正在説話。她必須要訂幾張票？

女人：我接下來必須要訂票，因為大家一起買的話，會變得比較便宜，所以一起訂吧。那個……，大人有16人，小孩有7人是吧。那麼，全部總共……，啊，可是，因為陳太太的先生以及2個小孩在那天沒辦法去，那麼……。

①20　　　　　　　②21　　　　　　　③22　　　　　　　④23

解答：

❶ ＿＿④＿＿　❷ ＿＿②＿＿　❸ ＿＿②＿＿　❹ ＿＿④＿＿

腳本：

❶ 田中さん。この　コンピューター、使っても　いいですか。

①すみません。あまり　よく　ありません。

②ええ、とても　いいですよ。

③すみません。使っては　いけません。

④ええ、どうぞ。使って　ください。

田中先生。這個電腦，可以用嗎？

①不好意思。不太好。

②嗯，非常好喔。

③不好意思。不能使用。

④嗯，請。請用。

❷ この　資料、コピーしましょうか。

①いいですね。コピーしましょう。

②ええ、お願いします。

③いいですね。一緒に　しましょう。

④すみません。それは、ちょっと……。

這個資料，要影印嗎？

①好耶。來印吧。

②嗯，麻煩你了。

③好耶。一起來印吧。

④不好意思。那個，有點……。

❸たまには　散歩するのも　いいんじゃ　ない？

①そうですか。よくないですね。

②そうですね。そうして　みます。

③そうですね。わたしも　いいんじゃ　ないと　思います。

④そうですか。わたしは　いいと　思いますが。

偶爾散步也不錯，不是嗎？
①這樣啊。不好呢。
②對啊。就那樣試試看。
③（文法錯誤）
④這樣啊。我是覺得不錯啦。

❹遠慮しないで　何でも　言って　くださいね。

①はい、じゃ、後で　いいます。

②いいえ、遠慮しますよ。

③いいえ、問題　ありません。

④はい、ありがとう　ございます。

別客氣，有什麼需要請跟我說喔。
①好的，那麼，等等說。
②不，會客氣喔。
③不，沒有問題。
④好的，謝謝您。

MEMO

國家圖書館出版品預行編目資料

元氣日語會話　進階　新版 / 本間岐理著
-- 修訂初版 -- 臺北市：瑞蘭國際, 2025.01
288面；19×26公分 --（日語學習系列；80）
ISBN：978-626-7629-08-6（平裝）
1. CST：日語　2. CST：會話

803.188　　　　　　　　　　　113020142

日語學習系列 80

元氣日語會話

作者｜本間岐理‧責任編輯｜葉仲芸、王愿琦
校對｜本間岐理、王愿琦、葉仲芸

日語錄音｜本間岐理、市川春樹‧錄音室｜采漾錄音製作有限公司
封面設計｜余佳憓、陳如琪‧版型設計｜余佳憓‧內文排版｜余佳憓、陳如琪
美術插畫｜Syuan Ho

瑞蘭國際出版
董事長｜張暖彗‧社長兼總編輯｜王愿琦
編輯部
副總編輯｜葉仲芸‧主編｜潘治婷
設計部主任｜陳如琪
業務部
經理｜楊米琪‧主任｜林湲洵‧組長｜張毓庭

出版社｜瑞蘭國際有限公司‧地址｜台北市大安區安和路一段104號7樓之1
電話｜(02)2700-4625‧傳真｜(02)2700-4622‧訂購專線｜(02)2700-4625
劃撥帳號｜19914152 瑞蘭國際有限公司
瑞蘭國際網路書城｜www.genki-japan.com.tw

法律顧問｜海灣國際法律事務所　呂錦峯律師

總經銷｜聯合發行股份有限公司‧電話｜(02)2917-8022、2917-8042
傳真｜(02)2915-6275、2915-7212‧印刷｜科億印刷股份有限公司
出版日期｜2025年01月初版1刷‧定價｜480元‧ISBN｜978-626-7629-08-6